光文社文庫

文庫書下ろし／長編時代小説

男気

隠密船頭（六）

稲葉　稔

光　文　社

この作品は光文社文庫のために書下ろされました。

「男気」

目次

小石川
白山
伝通院
神明宮
中山道
駒込
小石川御門
水戸徳川家
春日町
水道橋
千駄木
駒込追分
加賀前田家
本郷
道灌山
日暮里
霊雲寺
湯島天神
神田大明神
池之端仲町
不忍池
弁天
明神下
根岸
谷中
下谷広小路
東叡山寛永寺
外神田
下谷金杉町
御徒町
向柳原
三味線堀
広徳寺
幡随院
下谷竜泉寺町
甚内橋
元鳥越町
鳥越川
千住大橋
阿部川町
新吉原
新堀川
日本堤
御蔵前片町代地
東本願寺
浅草寺
御蔵前通り
御蔵前
御米蔵
首尾の松
田原町
西仲町
材木町
浅草広小路
浅草奥山
小塚原
山谷町
駒形町
御厩河岸之渡し
並木町
雷門
新鳥越町
新鳥越橋
花川戸町
日光道中
山谷堀
浅草駒形堂
竹町之渡し
吾妻橋
今戸橋
今戸町
浅草橋場町
揚場
白鬚之渡し
中之郷竹町
中之郷瓦町
竹屋之渡し
三囲稲荷
向島墨堤
長命寺
木母寺
隅田村
源森川
小梅村
須崎村
寺島村
北割下水
恩寺橋
業平橋
小梅村
天神橋
押上村
亀戸天神

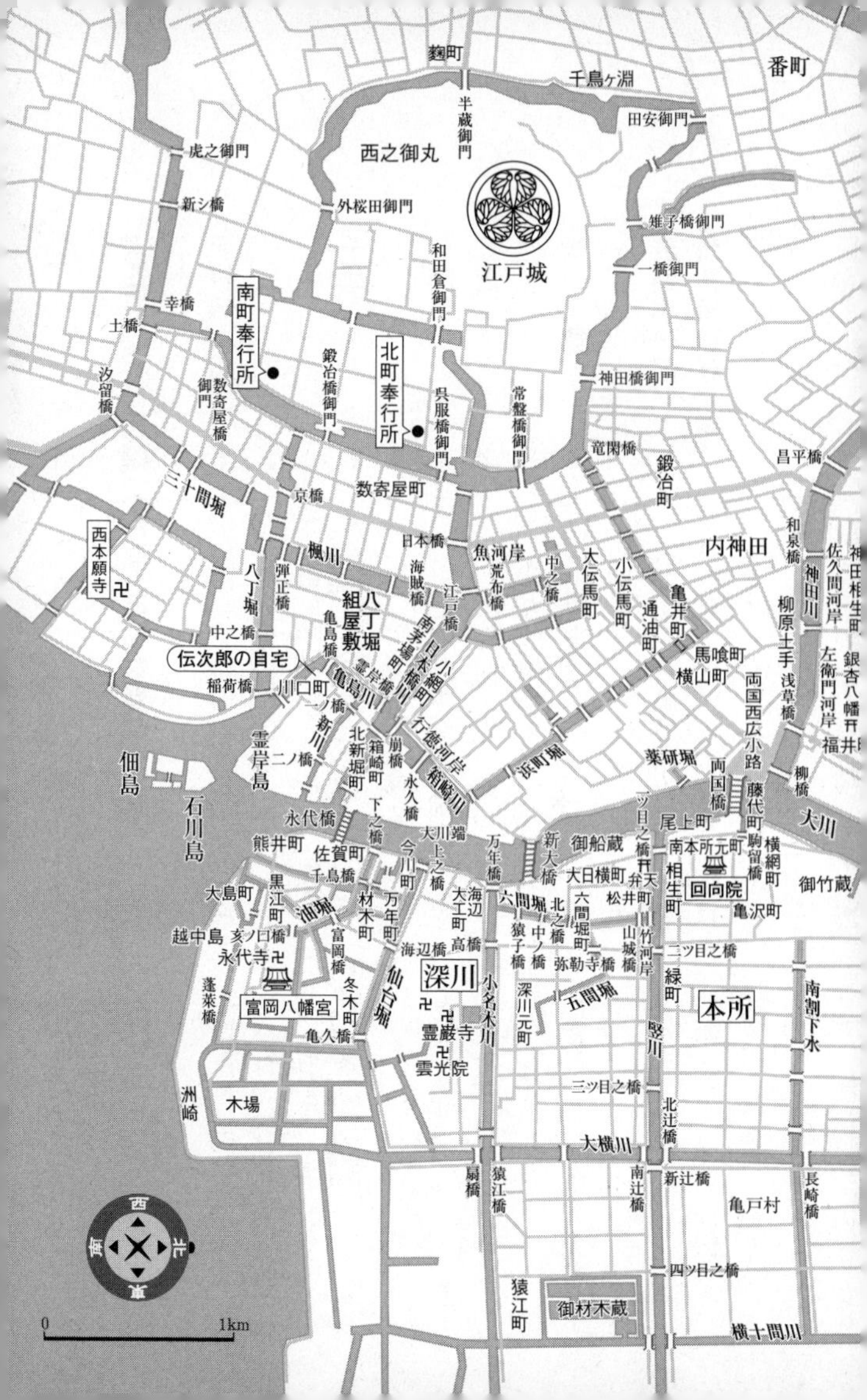

麹町
番町
千鳥ヶ淵
半蔵御門
田安御門
西之御丸
虎之御門
新シ橋
外桜田御門
雉子橋御門
和田倉御門
江戸城
一橋御門
幸橋
土橋
南町奉行所
北町奉行所
汐留橋
数寄屋橋御門
鍛冶橋御門
呉服橋御門
常盤橋御門
神田橋御門
竜閑橋
昌平橋
三十間堀
京橋
数寄屋町
鍛冶町
西本願寺
日本橋
楓川
魚河岸
内神田
和泉橋
佐久間河岸
神田相生
八丁堀
弾正橋
海賊橋
荒布橋
中之橋
大伝馬町
小伝馬町
神田川
組屋敷
八丁堀
江戸橋
亀井町
柳原土手
中之橋
亀島橋
南茅場町
日本橋川
小網町
通油町
馬喰町
左衛門河岸
銀杏八幡
伝次郎の自宅
稲荷橋
川口町
霊岸橋
亀島川
横山町
両国西広小路
浅草橋
一ノ橋
新川
北新堀町
箱崎町
崩橋
行徳河岸
箱崎川
福井町
佃島
霊岸島
二ノ橋
浜町堀
薬研堀
両国橋
藤代町
柳橋
永久橋
石川島
永代橋
下之橋
一ツ目之橋
尾上町
大川
熊井町
佐賀町
大川端
上之橋
万年橋
新大橋
御船蔵
南本所元町
駒留橋
横網町
今川町
千鳥橋
大日横町
回向院
御竹蔵
大島町
黒江町
油堀
材木町
万年町
海辺大工町
六間堀
北之橋
六間堀町
松井町
弁天町
相生町
亀沢町
越中島
亥ノ口橋
富岡町
海辺橋
高橋
猿子橋
中ノ橋
弥勒寺橋
山城橋
竹河岸
二ツ目之橋
永代寺
深川
緑町
蓬莱橋
冬木町
仙台堀
小名木川
深川元町
五間堀
本所
南割下水
富岡八幡宮
亀久橋
霊巌寺
竪川
雲光院
三ツ目之橋
洲崎
木場
北辻橋
大横川
扇橋
猿江橋
南辻橋
新辻橋
亀戸村
長崎橋
西
北
南
東
四ツ目之橋
猿江町
御材木蔵
0
1km
横十間川

『男気　隠密船頭（六）』おもな登場人物

沢村伝次郎……南町奉行所の元定町廻り同心。一時、同心をやめ、生計のために船頭となっていたが、奉行の筒井和泉守政憲に呼ばれ、奉行の「隠密」として命を受けている。

千草……伝次郎の妻。伝次郎の奉行所復帰を機に、新造として川口町の屋敷へ移る。

与茂七……町方となった伝次郎の下働きをしている小者。

粂吉……伝次郎が手先に使っている小者。元は先輩同心・酒井彦九郎の小者だが、伝次郎の手先をしている。

松田久蔵……南町奉行所の元定町廻り同心で年寄役。伝次郎の先輩同心。

広瀬小一郎……北町奉行所本所方同心。伝次郎とは旧知の仲。

筒井和泉守政憲……南町奉行。名奉行と呼ばれる。船頭となっていた伝次郎に声をかけ、「隠密」として探索などを命じている。

男気　隠密船頭（六）

第一章　思惑

一

篠《しの》つく雨と強い風が町屋《まちや》を襲っていた。

建て付けの悪い商家の戸板がいまにも外れそうになっている。仕舞い忘れられた幟《のぼり》はいまにも引きちぎれそうだ。メリメリと屋根を軋《きし》ませている家もある。

夜の闇は濃く、町屋には灯《あか》りひとつ見られない。ところが、通りの角から提灯《ちょうちん》をさげた一団があらわれた。その数、十数人あまり。

一団は傘を飛ばされまいとしているが、さげている提灯も忙しく揺れていた。男たちは着流しに雪駄《せった》履き、そして懐《ふところ》には匕首《あいくち》を呑み、手には刀を持っていた。ひと癖も二癖もありそうな者ばかりで、誰もが目をぎらつかせている。

この一団は浅草聖天町《あさくさしょうでんちょう》を拠点にしている鳥越《とりごえ》の虎蔵《とらぞう》一家だった。彼らの行き先は、北本所《きたほんじょ》を縄張りにしている源森《げんもり》の常三郎《つねさぶろう》一家である。

常三郎の家は天祥寺《てんしょうじ》門前の中之郷瓦町《なかのごうかわらまち》にあった。もうその家は近い。雨や風をものともせず先頭を切って歩く鳥越の虎蔵の着物はぐっしょりと雨を吸っていたが、そんなことにかまってなどいなかった。

天祥寺門前に近いところまで来ると足を止めて、背後に従う子分らを眺めた。提灯のあかりに浮かぶ子分らの顔はこわばっている。

虎蔵ははっと息を吐き、手にしていた傘を投げ飛ばすと、

「ぬかるんじゃねえ」

と、低くくぐもった声を漏らし、腰に差していた刀を抜き払った。

それに合わせて子分らも、傘と提灯を放り投げ、匕首を出したり、刀を抜いたりした。

虎蔵は先陣を切って、常三郎の家の戸を蹴倒した。バリーンという音が屋内にひびき、

「てめえら、覚悟しやがれッ！」

と、叫ぶなり座敷に躍りあがった。

その座敷には常三郎の子分らが五、六人いて、突然のことに慌《あわ》てふためき逃げようとしたが、虎蔵はひとりの男の背中に一太刀浴びせた。

「ぎゃあー！」

血飛沫《しぶき》が迸《ほとばし》り、障子《しょうじ》を赤く染めた。その間にも虎蔵の子分らが奥へ殴り込みをかけ、怒号《どごう》と絶叫が沸きあがった。

「野郎ッ！　何しやがんだ！」

「遠慮いらねえ、たたっ斬れ！」

「糞《くそ》ッたれがァ！」

沸きあがる怒号は、仲間のものなのか、それとも源森一家のものなのかわからなかった。

虎蔵は障子を倒し、襖《ふすま》をつぎつぎと引き開け、奥へ進んでいった。

障子の向こうから刀が突き出されてきた。虎蔵はその刀をすり落とすと、逆に障子の向こう側に突きを送り込んだ。とたん、絶叫が聞こえ、障子が真っ赤に染まった。

部屋の隅や廊下に置かれた燭台《しょくだい》のあかりが、激しく争う男たちの影を映していた。

仲間の子分が腕を斬られて悲鳴をあげていれば、腹を抉《えぐ》られた常三郎の子分が柱にもたれて息絶えている。

「親分、いましたぜ。ここです！」

藤吉《とうきち》という子分が、返り血を浴びた顔で虎蔵に知らせた。虎蔵はすぐにその部屋に飛び込んだ。六畳の座敷には布団が延べてあり、部屋の隅に裸の女が浴衣《ゆかた》を引き寄せたままふるえながら縮こまっていた。

褌《ふんどし》一丁の常三郎は長脇差《ながどす》を構えて、入ってきた虎蔵に目を剥《む》いて喚《わめ》いた。

「てめえら、何の真似だ！」

片膝立ちだった常三郎は、そのまま立ちあがった。

「問われるまでもねえ。てめえの胸に聞きゃあわかることじゃねえか。鳥越の虎蔵を甘く見やがったな、この糞ッたれが！」

虎蔵は怒鳴りながら斬りかかった。常三郎は右へ左へと撃ち払ったが、虎蔵の刀

を土手っ腹に受けると、

「うぐッ……」

と、両目を剝《む》いて、手にしていた自分の刀を落とした。さらに虎蔵が深く突き入れると、

「ぐぐ、ぐッ……」

と、うめきを漏らし、膝から頽《くずお》れていった。

虎蔵はとっさに刀を引いて、ふっと嘆息《たんそく》した。その瞬間、肩のあたりに強い衝撃を受けた。

「あう」

後ろを振り返ると、白刃が目の前で閃《ひらめ》いた。

虎蔵は防御も反撃もできず、眉間《みけん》を断ち斬られていた。よろけながら襖に手を伸ばしたが、そのままうつ伏せに倒れ、意識をなくしていった。

二

霊岸島《れいがんじま》と八丁堀《はっちょうぼり》を結ぶ橋のひとつである亀島《かめじま》橋に近い川口町《かわぐちちょう》に居を構える沢村《さわむら》伝次郎《でんじろう》を、南町奉行所の元定町廻《じょうまちまわ》り同心《どうしん》で年寄役の松田《まつだ》久蔵《きゅうぞう》が訪ねてきたのは、鳥越の虎蔵一家が源森の常三郎一家に襲撃をかけた五日後のことだった。

五日前はひどい嵐だったが、今日は雲ひとつない晴天だった。

「見廻りの途中ですか?」

伝次郎は久蔵と座敷で向かい合うなり、そう聞いた。

「まあ、そんなところだが、ちょいと道草だ。たまにはおぬしの顔を見てみようと思ってな」

久蔵は口の端にやわらかな笑みを浮かべて応じた。色白で細身、そして端整《たんせい》な顔には渋みが出ている。かつて、伝次郎はその久蔵の下についていた同心だったが、いまは南町奉行・筒井《つつい》政憲《まさのり》の右腕となってはたらいている。内与力《うちよりき》並みの扱いで、筒井奉行の子飼いのような存在だ。

「北本所の騒ぎは耳にしているか？」

短い雑談のあとで久蔵はそんなことを言った。

「なんでしょう……」

伝次郎が怪訝《けげん》そうな顔をすると、久蔵は意外だという顔をした。

「てっきり耳に届いていると思っていたが、お奉行から話は聞いておらぬのか？」

「なにも聞いていませんというより、ここしばらくお呼びがないので、御番所《ごばんしょ》に足を運んでいないのです。なにか大きな騒ぎだったので……」

伝次郎が言葉を切ったのは、連れ合いの千草《ちぐさ》が茶を運んできたからだ。

「千草殿、いつ見てもおきれいだ。店のほうはどうです？」

久蔵は茶を受け取って千草を見る。

「どうにかやっているというところです。松田様も一度遊びにいらしてくださいませ」

「是非にもそうしたいと思ってはいるのだが、なかなか暇が取れぬのだ」

「お役目が大変なのは存じています。でも、暇を作ってくださいませ」

千草はにこやかに応じる。

「うむ、そうであるな。暇は作らねばならぬ」

「お待ちしていますわ」

千草はそう言うと、話の邪魔だろうからと、そのまま下がった。

「できた人だ。伝次郎は幸せ者だな」

「冷やかさないでください。それで、騒ぎとは……」

伝次郎は話を戻した。

「うむ。鳥越の虎蔵一家を知っているか？」

「聞いたことはあります」

「その虎蔵の縄張りを、源森の常三郎一家が荒らしたのだ。そのことに腹を立てた虎蔵一家が常三郎一家に殴り込みをかけるという騒ぎがあった。五日前の嵐の晩だ」

「やくざの討ち入りですか……」

伝次郎は茶に口をつけた。

「その前に、おれたちは殴り込みの種《たね》を拾っていたんだが、はっきりしたことがわからなかった。それに、嵐の晩だったので、殴り込みに気づくのが遅れ、止めることができなかった」

伝次郎は眉宇《びう》をひそめた。

縁側に吊るしてある風鈴が、ちりんちりんと鳴った。

「騒ぎに気づくのが遅れ、常三郎の家に駆けつけたときは手遅れだった。虎蔵も常三郎も死んでいた。二人の子分らも怪我をしたり殺されたりで、おれが行ったときは目をそむけたくなるほどの血の海だった」

「それで、いかがされたのです」

「やくざ同士の殺し合いだ。それを止められなかったのは、おれたち町方の責任ではあるが、近隣に迷惑がかからなかったのはさいわいだった。お奉行からお叱りを受けはしたが、相手はやくざ同士、それに一家の頭《かしら》が二人とも死んでしまったから、喧嘩両成敗《けんかりようせいばい》という仕儀《しぎ》になった。無論、両一家はそれで仕舞い納めだ。もっとも、生き残りの子分らがいるから、しばらく油断がならない。やくざの親分というのは、子分にとっては実の親より大切な存在だ。意趣《いしゆ》返しや敵討《かたきう》ちが起きないとは言えぬ」

「しばらくは目が離せないということですか」

「厄介《やっかい》なことだ」

久蔵は小さく嘆息して茶を飲んだ。

「死人は何人出たのです？」

「死んだのは二人の親分と子分が八人。怪我をした者が十五人だ。怪我をしただけで生き残ったやつらは、牢送りになっている」

「すると、松田さんはその争いに加わっていなかった子分のことを……」

「そういうことだ。だが、そう数は多くない。もっとも、おれが知らぬやつがいるかもしれぬので、見廻るしかない」

久蔵はふうと、ため息をつき、帯に挟んでいた扇子を抜いてあおいだ。表に目を向け、

「今日も暑くなりそうだ」

と、つぶやく。

蟬《せみ》の声が町屋に広がっていた。

「ひやっこい、ひやっこい」という水売りの声が聞こえてきた。

「それじゃ、これから本所のほうへ……」

伝次郎の声で久蔵が顔を戻した。

「本所もそうだが、聖天町も廻らなければならぬ。さて、あまり油を売ってはおれぬな。そろそろ行くとしよう」

そう言って腰をあげた久蔵を、伝次郎は舟で送って行こうかと思ったが、久蔵は他の見廻りも兼ねているかもしれない。そのことを考え、出かかった言葉を喉元で呑み込んだ。

表まで見送っていくと、外で待っていた久蔵の小者、八兵衛《はちべえ》と貫太郎《かんたろう》が挨拶をしてきた。

「おぬしらも、お役目大儀《たいぎ》であるな」

伝次郎がねぎらいの言葉をかけると、二人は揃って頭を下げた。

「では伝次郎、またこだ。落ち着いたら千草さんの店に顔を出すことにする。そのときはおぬしも付き合ってくれ」

久蔵が顔を向けてきた。

「喜んで」

伝次郎が答えると、久蔵はそのまま二人の小者を連れて霊岸島町のほうへ歩き去った。

「お役目とはいえ、大変でございますね」

伝次郎といっしょに久蔵を見送った千草が声をかけてきた。

「しかたあるまい」

「楽な仕事なんてありませんからね。わたし、これから仕入れに行きますけれど、お昼はどうされます？　作り置きはありますけれど……」

「作り置きがあれば、それで十分だ」

伝次郎はそう答えてから、亀島橋へ足を運んだ。その橋の袂《たもと》に、自分の猪牙舟《ちょきぶね》を置いているので、様子見である。

舟はいつもの場所にいつものようにあった。変わった様子はない。ただ、舟底に淦《あか》がたまっていた。先日の嵐のせいだ。

尻端折《しりはしょ》りをして舟に乗り込み、淦を掬《すく》い出していると、

「旦那」

という声が、橋の上から降ってきた。

三

「出来ていたか？」

伝次郎は橋の上にいる与茂七《よもしち》に言葉を返した。

「へえ、ちゃんと出来ていやした。それから土産をもらいましたよ。これです」

与茂七は西瓜《すいか》を掲げた。

「親爺さんがもらい物だけど持って行けってくれたんです」

「西瓜か。まだ、旬ではないと思っていたが、もうそんな時季なのだな」

「あとで食いましょう。それより、出来た浴衣を見てください。寸法が間違っていたら大変です」

「そうしよう。おまえは先に帰っていろ。涂を汲み出したらすぐに戻る」

与茂七は剽軽《ひょうきん》な返事をして去っていった。伝次郎の家に居候《いそうろう》している男で、ときどき手先としてはたらくようになっていた。危ない捕り物には使えないが思いの外《ほか》、目端《めはし》が利《き》くので教え込んでいけばものになりそうだと、伝次郎は感じている。

舟底の淦を掬い出し、乾いている雑巾できれいに拭き取ると、そのまま舟を下りて自宅に戻った。

玄関に入るなり、与茂七が早速誂《あつら》えた浴衣を羽織っており、嬉しそうな顔を向けてきた。

「旦那、似合っていますか？」

「丁度よいではないか。男ぶりが上がったぞ」

冗談めかしておだてると、与茂七は照れ笑いをした。

「旦那も着てくださいよ」

伝次郎も座敷にあがり、出来上がったばかりの浴衣を羽織った。寸法はぴったりである。

伝次郎の浴衣は紺と白の棒縞《ぼうじま》。与茂七のは夏らしい萌葱《もえぎ》色の弁慶《べんけい》縞だった。

いずれも千草が気を利かして誂えてくれたのだった。

「あの仕立屋の親爺さんは腕がいいんですね。耄碌《もうろく》爺さんだと思っていたけど、そうじゃなかった。それに、西瓜まで持って行けって言うし、いい人です」

浴衣は本八丁堀《ほんはっちょうぼり》三丁目に住んでいる清六《せいろく》という仕立屋に注文してあった。

「あとで千草に礼を言うのを忘れるな」

「へえ、そりゃあもう、ちゃんとお礼を言います。でも、旦那は何を着ても様になりますね。すげえお似合いですよ」

与茂七が見惚《みと》れたように伝次郎を見る。

「おまえも口のうまいことを……」

「ほんとうですよ。西瓜、冷やしておきましょうか」

「そうしてくれ」

与茂七が台所に去ると、伝次郎は羽織った浴衣を脱いで、着流しに着替え、縁側に行って腰を下ろした。蝉の声が日に日に高くなっている。

風に吹かれる風鈴が短く鳴ったとき、

「そういやあ、派手な出入りが本所のほうであったらしいですね」

与茂七が戻ってきてそんなことを口にした。伝次郎が黙したまま見ると、途中でばったり粂吉《くめきち》に出くわして、そのことを聞いたと言った。

「どんな話だ」

伝次郎が問えば、与茂七は松田久蔵が教えてくれたこととほぼ同じことを口にした。

「条さんは、やくざ同士の殺し合いだから御番所も念入りな調べはしないだろうと言っていました。そりゃそうですよね。壁蝨《だに》みたいなやつらですから、そんなやつはどんどん死ねばいいんです」

「……………」

「そうは思いませんか？」

ふむ、そうだなと、伝次郎は応じて遠くの空に聳《そび》える入道雲を眺めた。

「一口にやくざと言っても、誰もが悪党とはかぎらぬ」

「ヘッ……」

与茂七が目をまるくした。

「むろん、他人《ひと》を脅して金を強請《ゆす》り取ったり傷つけたり、殺しをやるやつは許せぬが、信義を貫くために命を惜しまぬ者もいる。やくざだからと言ってひとくくりにはできぬ」

伝次郎はそういう男に何度か出くわしている。もっとも、悲しい末路を辿《たど》った者ばかりではあるが。

「信義を貫く……ですか……」

「悲しいかな、そのことを忘れている武士が多い。武士とは信義を重んずるものなのだがな……。もっとも、真の侠客《きょうかく》は少ないだろうが……」

「旦那、おいら知ってますよ。そういうのを男伊達《おとこだて》と言うんですよね」

「そうだな。男というものは一旦こうと決めたら、意地でもそれを貫き、正義を守り、弱い者や困っている者を助ける。任侠《にんきょう》を気取るやくざにかぎらず、男とはかくあるべきであろう」

「御番所の旦那たちがまさにそうじゃありませんか。それに、旦那も……」

与茂七はきらきらと目を輝かせて伝次郎を見る。

「おれはまだまだだ。そうなりたいとは思うが、煩悩《ぼんのう》が強いうちはだめだ」

「煩悩……？　旦那、ときどき難しいことを言うんだから」

「欲だ。人が生まれ持った欲ということだ。おまえだっていろんな欲があるだろう。あとはおのれで考えることだ」

さあてと、伝次郎は立ちあがって背伸びするように両手をあげ、

「与茂七、気晴らしに釣りにでも行ってみるか」

と、言った。

「へえ、それはいい考えです。ほんとは稽古をつけてもらおうと思っていたんですが、釣りに行きましょう。すぐ支度しますから」

与茂七はちゃっかりしたことを言って、土間に下りたが、すぐに振り返り、

「旦那。釣りから帰ってきたら、西瓜が待っています」

と、嬉しそうに笑って、釣り竿を取りに表へ出ていった。

四

長五郎《ちようごろう》の家は浅草福富町《ふくとみちよう》一丁目の片隅にあった。周囲の商家や長屋に遠慮したような小さな佇《たたず》まいだ。それでも日当たりは悪くなく、猫の額《ひたい》ほどではあるが小さな庭もあった。

長五郎は濡《ぬ》れ縁《えん》に腰を下ろし、団扇《うちわ》をあおぎながら赤い花を咲かせている百日紅《さるすべり》の木越しに、遠くの空を眺《なが》めていた。蟬の声がその空に広がっている。

「ここに置いておきますよ」

ふいの声は長年連れ添っているお島《しま》だった。冷や水を運んできたのだ。

「団子は入っているかい？」

長五郎は空を見たまま聞いた。

「はい、少し多めに入れておきました」

長五郎は「うむ」と、うなずいただけだ。お島はそのまま台所のほうへ下がった。

その気配が消えてから、長五郎は碗に入った冷や水を見た。底に白糖が沈んでおり、もち米から作られた白玉粉である寒《かん》ざらし粉の団子が二つ入っていた。

長五郎はしわ深い手を伸ばして、碗を取ると、ゆっくり口をつけた。浅黒いその顔もしわ深く、片頬には一寸ほどの古傷が残っていた。そのせいで頬が少し引きつっている。頭は髷《まげ》の結えない禿げになっていた。

今年で齢《よわい》六十になったが、普通の老人とは違う目の光を眼底にひそませている。いまは隠居の身であるが、若い頃は元気者で斬った張ったの大立ち回りをやった男だった。

顔の古傷はその名残《なごり》である。

長五郎は冷や水をすすると、ふうと、ひとつ大きく嘆息した。

（虚《むな》しいことよ……）

胸中でつぶやき、また晴れている空に視線を戻した。

「ごめんくださいまし」

戸口からそんな声が聞こえてきたのは、それから間もなくのことだった。

長五郎は片眉をぐいと動かした。近所の御用聞きの声ならすぐにわかるが、聞き慣れない声だったからだ。

女房のお島が応対に出て短いやり取りをすると、そばにやってきた。

「清蔵《せいぞう》さんですよ」

長五郎はハッとなって、お島を見た。

「なに、清蔵だと。あいつ、生きておったのか」

「旅に出ていたらしいんです」

「あげろ、すぐにそこへ」

長五郎は立ちあがると、座敷に行って座り直した。すぐに清蔵が土間にあらわれた。

「ご無沙汰《ぶさた》をしておりやす。お達者そうで安心いたしやした」

「そんなことはどうでもいい。早うあがれ。ここへ、ここへ」

清蔵は粋なうろこ柄の着物を着流していた。旅に出ていたと言うだけに、色白の顔がすっかり日に焼けている。

「お邪魔いたしやす」

清蔵はそばまで来ると、再度頭を下げた。長五郎はその顔を黙って見つめた。顔を見るだけで、この家に何をしに来たのか察しはついた。その顔には苦渋《くじゅう》の色が浮かんでいる。

だが、すぐ本題に入らず、

「どこへ行っていたのだ？」

と、聞いた。

「上野《こうずけ》と下野《しもつけ》をまわってきやした。二月《ふたつき》ばかりの旅でしたが……」

清蔵は言葉を切って、悔しそうに口を引き結んだ。両膝に置いた手を握りしめる。

「それで、いつ戻ってきたんだ？」

「二日前です。戻ってきて驚きやした」

「そりゃそうだろう」

そこへお島が茶を運んできたので、二人は話を中断した。

「清蔵さん、どうぞゆっくりしていってくださいまし」

お島はそのまま下がった。長五郎の胸の内を察しているからだ。

「話は何もかも聞いて知っているんだな」

「へえ……」

二人は同時にため息をついた。清蔵は膝許に視線を落とし、それからゆっくり顔をあげた。

「叔父貴《おじき》、どうすりゃいいんでしょう」

「おれもそのことを考えていたんだ」

長五郎は腕を組んで、まっすぐ清蔵を見た。清蔵も見返してくる。

「このまま黙って引っ込んでるわけにゃいきません。ですが……」

「そこだ。源森の常三郎は先の騒ぎで死んでいる」

「うちの親分もです。それに、辰吉《たつきち》も……」

「辰吉とおめえさんは兄弟の盃《さかずき》を交わしていたんだったな」

「へえ」

「おれも虎蔵とは兄弟分だった。あの野郎、討ち入る前に一言おれに相談してくれりゃこんなことにはならなかったんだろうが……だが、こうなっちゃしかたねえ」

「しかたないとおっしゃるんですかい」

清蔵が挑むような目を向けてくる。端整な顔立ちだ。痩《や》せてもおらず太ってもいない。決して大きな体ではないが、度胸の据わった男だ。いずれ虎蔵の跡目《あとめ》を継ぐのは、この清蔵か殺された辰吉のはずだった。

「おめえはどう考えているんだ？」

「源森一家には、生き残りがいやす。それも十人は下りません。そのなかには常三郎の跡目になるだろうと言われてきた七滝《ななたき》の忠次郎《ちゅうじろう》がいやす」

「名前は聞いたことがあるが、その野郎は……」

「騒ぎがあった日に、やつはいませんでした。ですが、曲者《くせもの》です。あの野郎はきっと一家の立て直しを図るはずです。それに……」

「なんだ？」

「辰吉を殺したのは忠次郎だということを耳にしました」

「なんだと」

長五郎は大きく眉を動かした。

「そりゃ、ほんとうかい？」

「どうもそのようです。だから、親分が討ち入ったときにはいなかったんでしょう。そもそも虎蔵親分が源森の常三郎一家に乗り込んだのは、仲間内の賭場《とば》を荒らされたからじゃねえんです。辰吉の敵を討つために乗り込んだんだと、あっしは思っていやす」

「清蔵、それがほんとうなら黙っちゃいられねえな」

「へえ」

長五郎は組んでいた腕を解《ほど》き、片手で顎《あご》を撫《な》でた。

「辰吉が殺されていなけりゃ、親分は荒っぽいことを考えねえで、常三郎と掛け合ったと思うんです」

「……おれもそうだと思う」

「だったら叔父貴……」

清蔵が必死の目を向けてくる。

「やる気か」

「そうしなきゃ収まりがつきやせん。けじめをつけてェと思いやす」

長五郎はじっと清蔵を見つめた。

「肚《はら》をくってここに来たんだな」

清蔵はうなずいて、

「叔父貴には一言断りを入れておくべきだと思いましたんで……」

と、言った。

「しくじるんじゃねえぜ」

「へえ」

五

伝次郎と与茂七は、東湊町《ひがしみなとちょう》の河岸の外れで釣り竿を伸ばしていた。そこは俗に将監《しょうげん》河岸と呼ばれており、南のほうは幕府水軍の御船手組《おふなてぐみ》の組屋敷地だ。

そばには材木舟が幾艘《そう》もある。近くに丸太問屋や材木問屋があるせいだ。伝次郎はぼんやりと空を眺めたり、浮きを見たりしているが、釣果《ちょうか》はなかった。

「ちっとも釣れませんね」

さっきから釣る場所をひっきりなしに変えている与茂七はぼやくが、それなりの釣果はあげていた。

「釣れないな」

そう言う伝次郎は一匹も釣っていなかった。

「場所を変えてみたらどうです。旦那はずっとそこに座ったままじゃありませんか。きっと場所が悪いんですよ」

「そうかな」

伝次郎はそう答えるが、もう釣りに飽きていた。空には夕日に染まった雲が浮かんでいる。黄金色だったり朱を帯びたりと、夕焼けの空はきれいだ。

「あ、かかった！」

与茂七が弾んだ声をあげて、竿を立てた。重そうだ。伝次郎がじっと見ていると、

「なんだ、またタコじゃねえか」

と、与茂七はがっかりした声を漏らす。

「与茂七、そのタコはこれまでのより大きいではないか。捨てるのはもったいな

い」

「食べるんですか？」

タコを引き寄せた与茂七が見てくる。

「それほどの大きさだったらブツにしても刺身にしても食べ応えがある。捨てるな」

「へえ」

与茂七は水につけている魚籠《びく》を引きあげて、釣ったばかりのタコをそれに入れた。魚籠のなかには鯵《あじ》が三匹と六寸ほどの鯛《たい》が一匹入っていた。いずれも与茂七が釣ったものだった。

「そろそろ帰るか。日が暮れる」

伝次郎はそう言って、鉄砲洲《てっぽうず》の先に広がる海に目を向けた。海には夕日の帯が走っており、沖合から数艘の漁師舟が戻ってくるところだった。

釣りをやめた伝次郎と与茂七は、将監河岸を離れた。仕事帰りの職人や買い物に出かける長屋の女房たちの姿があった。

「鯛と鯵を、おかみさんにあげましょうか」

しばらく行ったところで与茂七が立ち止まった。

「そうだな。仕入れに行ったはずだが、獲れ立てだから喜ぶだろう」

「それじゃ届けてきますから、旦那は西瓜を切っていてください」

「そうしよう」

伝次郎は亀島川に架かる高橋《たかはし》のそばで与茂七と別れた。千草の店は、その橋をわたった先にある。「桜川《さくらがわ》」という小料理屋だ。

千草は伝次郎が奉行の筒井に呼び戻されてしばらくは、家事にいそしんでいたが、店を出してからは朝から晩まで忙しく動きまわっている。かといって家事を怠《おこた》っているわけでもない。やるべきことはちゃんとやる女なのだ。

川口町の自宅に帰って、与茂七がもらってきた西瓜を切っていると、粂吉が訪ねてきた。

「おお、よいところに来た。西瓜があるんだ。食べていけ」

伝次郎は粂吉を招き入れながら言った。

「へえ、それは嬉しいことを」

伝次郎は切った西瓜を縁側に運んで、そばに粂吉を呼んだ。

「昼間も来たんですが、留守だったので出直してきたんです」

「与茂七と釣りに行っていたのだ」

「釣りですか。で、釣れましたか？」

「まったくだ。与茂七は何匹か釣ったが……」

「与茂七はどこに？」

条吉は家のなかを見まわして言う。

「千草の店に釣った魚を届けに行っている。そろそろ帰ってくるだろう。遠慮せずに食べろ」

伝次郎が西瓜を勧めたとき、慌ただしい足音がして、すぐに与茂七の声が玄関から聞こえてきた。

「旦那、旦那！」

「こっちだ。なんだ慌てた声を出して」

「慌てずにはいられませんよ」

与茂七は息を弾ませて庭先にあらわれた。

「橋の向こうで喧嘩です」

「なんだと」

伝次郎は西瓜を持ったまま与茂七を見た。

「与作《よさく》屋敷の前でやくざ同士がにらみ合ってんです。止めないと怪我人が出ます」

伝次郎は西瓜を盆に戻して立ちあがった。

六

与茂七の言う喧嘩は、亀島橋の西詰、与作屋敷の前で起きていた。近所の者たちが遠巻きにその様子を眺めていた。みんな戦々恐々《せんせんきょうきょう》としている。

にらみ合っているのは見るからに柄の悪いやくざ同士で、互いに罵《のの》り合い、匕首を閃かせている。その声に驚いたのか、長屋の女房が負ぶっていた赤子が泣き出した。

「やるならやってみやがれ」

両袖をまくりあげて相手をにらむのは、色白のやさ男だ。だが、その顔は怒りで紅潮し、切れ長の目は鋭い。

「おう、がなり立てるばかりの抜《ぬ》け作《さく》相手じゃ勝負にならねえから言ってんだ。一言謝りゃすむことじゃねえか。それをいきり立って四の五のうるせえ野郎だ」

やさ男に対峙《たいじ》しているのは、恰幅《かっぷく》のいい男だ。色の黒い仁王面《におうづら》で迫力がある。そして、この男には余裕が感じられた。

「四の五の言ってるのはてめえじゃねえか。この野郎ッ！」

匕首を振りあげ斬りかかろうとするのを、仲間が引き止めた。そのそばには腕を斬られたらしい男がうずくまっていた。

やさ男には四人の仲間、その相手も五人だった。

「兄貴、なにを言っても話のわからねえ野郎だ。やっちまいましょう」

仁王面の隣にいる男は、すっかりその気になっている。

「おい、なにがあったのか知らぬが、ここをどこだと思っている」

伝次郎は声をかけて間に入った。

男たちが一斉に見てくる。

「てめえ、何もんだ」

やさ男が声をかけてきた。

「南町の沢村という。怪我人が出てるようだが、どういうことだ？」

男たちは伝次郎を町方《まちかた》と知って少しだけ身を引いた。

「喧嘩するのは勝手だが、町の迷惑だ。それに、ここは八丁堀だ」

伝次郎は町奉行所の与力・同心が住む地だと暗にほのめかした。

「わかっちゃいるんですが、引っ込みがつかなくなっちまったんです」

そう言うのは仁王面だった。

「きさまの名は？」

「築地《つきじ》の銀蔵《ぎんぞう》と言いやす。この野郎らが難癖つけてきたんで話をしてるとこです。旦那にゃ迷惑かけませんので、引っ込んでいてくれませんか」

銀蔵は話のわかる男なのだろうか。

「迷惑をかけないと言うが、まわりを見ろ。すでに迷惑をかけている。おい、きさまはどこの者だ？」

伝次郎はやさ男に目を向けた。

「あっしは桶町《おけちょう》の新左《しんざ》と言いやす。仲間を斬られては黙っていられねえんです。それで話をしてんです」

「誰がそいつに手を出した」

伝次郎は腕を斬られてうずくまっている男を見て聞いた。

「おれです。その野郎が足をかけてきやがったんで、カッとなってつい」

そう言ったのは築地の銀蔵の仲間だった。色の黒い小太りだ。伝次郎は腕を斬られた男を見た。

「おい、きさまはなぜこやつに足をかけた？」

「……デコ太郎が歩いてやがるって因縁《あや》つけてきたからです」

たしかにその男はデコだった。伝次郎にそう言ったあとでゆっくり立ちあがった。手首のあたりに血が流れているが、大した怪我ではなさそうだ。それにしてもくだらない喧嘩である。

「おりゃあ、知っている太鼓持ちだと思っただけだ」

色黒の小太りが言い返した。

「おい、やめろ。くだらん。喧嘩両成敗だ。銀蔵、新左、仲間を連れて去《い》ね」

「いや、先に足をかけられたんです。謝ってもらわねえと」

銀蔵は頑《かたく》なな顔をしている。

「足をかけられたが、斬りつけて怪我をさせたのはおまえの仲間だ。それでおあいこではないか」

銀蔵はふうと大きなため息をついて、伝次郎をあらためて見た。

「わかりやした。旦那の顔を立てて引きあげることにしやす」

銀蔵は新左をひとにらみして、仲間に行こうと顎《あご》をしゃくった。

「てめえら、今度会ったらただじゃおかねえからな。覚えてやがれ」

新左が銀蔵たちに声をかけた。銀蔵たちは立ち止まって振り返ったが、伝次郎がその前に立ち、

「新左、いい加減にしやがれ。それより、そいつの手当てを先にしてやるのが、仲間としての務めじゃねえのか」

伝次郎は伝法《でんぽう》な物言いをして、新左に言い聞かせた。

「ああ、まあ……」

「行くんだ」

伝次郎がうながすと、ようやく新左は折れて、仲間といっしょに水谷町《みずたにちょう》のほうへ去っていった。伝次郎は新左らの姿が見えなくなるまでその場に立っていた。

遠巻きに見ていた町の者たちは、胸を撫《な》で下ろしたという顔で長屋に戻っていったり、店のなかに姿を消したりした。

「とんだお騒がせでしたね。でも、やつらまた喧嘩するんじゃないですか」

与茂七が顔を向けてきた。

「粋がってはいるが口が達者な与太者《よたもの》だ。放っておこう。それで届けてきたのか？」

「おかみさん、喜んでいました。早速、店で出すって……」

「そりゃよかった。それで粂吉、昼間も来たと言ったが、なにか用があるのではないか？」

伝次郎は与茂七に応じてから、粂吉に顔を向けた。

「へえ、ちょいと耳に入れておかなきゃならない話があるんです」

「家で聞こう」

伝次郎はそのまま亀島橋をわたった。

七

川口町の家に戻った伝次郎は、縁側で西瓜を食べながら、

「それで、話というのは……」

と、粂吉を見た。

粂吉は口についた西瓜の汁を掌《て》で拭って、ちらりと与茂七に視線を送った。

「なにか具合の悪い話でもあるのか？」

「いえ、このことは胸の内に納めておいてくだされればよいと思うんです。与茂七、おまえも他言《たごん》しちゃならねえぜ」

粂吉は与茂七に釘を刺してから言葉をついだ。

「じつは妙なことを聞いたんです。それが旦那のことでして、あまり気持ちのいい話ではないんです」

「かまわぬから言え」

「その、年番方《ねんばんかた》で話を聞いちまったんです。旦那が煙《けむ》たいとか、お奉行の声掛かり

とはいえ手柄を横取りしているようなものだと。出戻りはあってはならないことだから、早めに退《ひ》かせるべきじゃないかと、そんなことを……」

条吉はじつに言いにくそうに話し、凡庸《ぼんよう》で目立たない顔をしかめた。

「それは、与力が言ったのか、それとも同心か？」

年番方には三騎の与力が配置されている。与力の最古参で、奉行所のことに通暁《つうぎょう》しており、新任の町奉行は年番方与力を頼り、また年番方はよき指導者ともなる。同心諸役の任免もやるし、金銭の保管・出納《すいとう》も行う。

町奉行のつぎに実権を持っているのが、年番方与力と言っても過言ではない。

この各与力の下には三人の同心がついている。だから、伝次郎は与力か同心かと聞いたのである。

「同心の旦那です」

「ふむ」

年番方の同心にはまだ若い者がつく。しかし、自分のことを噂するというのは、上役である与力がそんなことを言っているのだろう。

「あっしはよっぽど言ってやろうかと思ったんですが、年が若くても相手は同心の旦那ですから……」

条吉は気弱な顔になって声を低めた。

条吉は小者である。それも町奉行所雇いではなく、いまは伝次郎の手先としてはたらいている。相手が年下であっても、町奉行所の同心に意見などできない立場だ。

条吉はもともと、伝次郎の先輩同心だった酒井彦九郎《さかいひこくろう》の小者を務めていた。顔に似合わず腕っ節も強いし探索能力もある。

その能力を買って、伝次郎は下につけたのだった。

「そうか、おれのことをそういうふうにな……」

伝次郎は西瓜にかぶりついた。

「旦那、他人事《ひとごと》のように……。きっとやっかみですよ」

そばにいる与茂七が憤《いきどお》った顔を向けてきた。

「言いたいやつには言わせておくさ。おれはお奉行のお指図ではたらいているだけだ」

「そうでしょうが、あっしはいやな思いをしました」

条吉はそう言ったあとで、余計なことだったでしょうかと、不安げに伝次郎を見た。

「気にするな。御番所にもいろんな人がいる。顔も違えば、気性《きしょう》も違う。言いたいやつには言わせておく」

「条さん、その同心の旦那は、手柄を横取りしていると言ったんですね。そりゃあ、てめえが手柄を立てられないから、そんなことを言うんでしょう」

伝次郎は蚊遣《かや》りの向きを変えた。

凪《な》いでいた風が出てきたのだ。風鈴もちりりんと鳴った。

「年番方の同心は探索はしないんで、外役《そとやく》の同心の旦那あたりから話が行ったのかもしれねえ」

条吉は与茂七を見て言った。

外役とは見廻りに出て治安の維持に努めている者を指す。いわゆる〝三廻《まわ》り〟と呼ばれる定町廻り・隠密廻り・臨時廻りをはじめ、本所見廻り・牢屋見廻りなどがある。

「条吉、もうよい。話はわかった。胸に留め置くことにするが、おまえが気にすることではない。与茂七、今日釣った鯵とタコで酒でも飲もうではないか」

「へえ」

与茂七はとたんに目を輝かせたが、

「この前の件を言ってんじゃないでしょうか」

と、話を戻した。

この前の件というのは、半月前に起きた商家の女中殺しだった。その事件を担当していたのは別の同心だったのだが、ひどい食あたりから夏風邪を引き、床に臥《ふ》せってしまった。他の同心はそれぞれに事件を抱えていたので、代わりに伝次郎が名指しをされ、わずか数日で解決したことがあった。

もちろん名指しをしたのは奉行の筒井である。下手人は、殺された女中が以前勤めていた店の奉公人だったのだが、その男は伝次郎の手に落ちる前に自害していた。

「与茂七、その話はもう終わりだ。早く酒の支度を……」

再度命じられた与茂七は、首をすくめて台所に向かった。

「条吉、おれが気に病《や》むとでも思ったか？」

「そんなことは思いませんでしたが、聞いてしまった手前、そのまま黙っていられなくなったんです。旦那に話そうかどうしようか悩んだんですが、聞いたことを黙っていて、あとでこじれるようなことがあると面倒だと思いまして……」

条吉は言葉どおり悩んだのだろう。だが、伝次郎は話してもらい、すっきりした気分になっていた。

たしかに自分は出戻りである。筒井奉行の特別の計らいで、内与力並みの扱いを受けている。妬《ねた》んだり羨《うらや》んだりする者がいてもおかしくはない。

「条吉、おれはな」

伝次郎は団扇を手にして、胸元に風を送りながら言葉をついだ。

「いつまでも御番所にいる者ではないのだ。お奉行がお役を解かれれば、おれの役目も終わる」

「へえ」

「それも長くはないだろう。お奉行は、いいお年だ。あと一年、長くても二年だと思っている。その間、おれは必死にはたらくよ。誰がなんと言おうがだ。ただ、それだけのことだ」

伝次郎はそう言って、やわらかな笑みを浮かべた。筒井奉行は齢六十一であった。

「そう言われると、今度はまた淋しくなります」

「いやいや、いますぐってわけではないのだ。しょぼくれた顔をするんじゃない」

へえへえと、粂吉は頭を下げる。

そこへ与茂七が酒を運んできた。

「しばらく暇なようだから、今宵はゆっくり飲もう。さあ、やりな」

伝次郎は粂吉に酌をしてやった。

八

トクトクトクと、ぐい呑みに酒が注がれる。

「それじゃ、いただきやす」

酌を受けた五郎七《ごろしち》は、小さく会釈《えしやく》をしてぐい呑みを口に運んだ。

その様子を七滝の忠次郎は楽しそうに眺め、

「これからはおめえが頼りだ」

と言って、煙管《キセル》に火をつけた。

そこは中之郷横川町《よこかわちよう》にある小体《こてい》な料理屋の離れだった。開け放した障子の外には十数本の細い女竹《めだけ》が植えてあり、夜風を受けて蕭々《しょうしょう》と音を立てている。

「それで、お話とは……」

煙管を吹かす忠次郎を、五郎七が見あげるように顔をあげた。忠次郎は六尺はあろうかという偉丈夫《いじょうふ》だ。貫禄もありゴツゴツした顔には凄みがある。

「親分も死んだ。おれの兄弟分も殺されちまった」

兄弟分というのは、源森の常三郎の一の子分だった冬吉《ふゆきち》のことだ。忠次郎はその冬吉と兄弟分の盃を交わしていた。

一家の跡目は冬吉か忠次郎だろうと子分らは考えていたが、忠次郎はいままで言う武闘派で人の目利きが甘い。つまり、貫禄で子分を統率はできるだろうが、人を差配する力は冬吉に分《ぶ》があった。

忠次郎もそのことを自分でわかっていたし、跡目は冬吉が継ぐべきだろうとあきらめていた。しかし、冬吉は死んだ。

「一家を作る。御番所は一家の解散を命じる触れを出してきやがったが、あんなのは紙くずみてェなもんだ。たしかに親分を殺され、子分も散り散《ぢ》りになったが、御番所の言いつけなんざ屁《へ》のかっぱだ」

「すると、兄貴が親分におなりになると……」

「あたぼうよ。他に誰がいるってんだ」

忠次郎はにやりと笑った。五郎七も口許を緩《ゆる》めた。

「あの一件があったとき、あっしはそうなることを願っていたんです。忠次郎の兄貴が一家を立て直すとおっしゃるなら、あっしはなんだってします。どうせ堅気《かたぎ》には戻れねえおれですから」

「子分を集めてもらいてえ。いまは町方の目がうるせえから、急ぐことはねえが、鳥越一家もあの一件でうちと同じように解散だ。つまり、虎蔵の縄張《シマ》りは、いまガラ空きだ。他の一家が手を出す前に先に手を打っておかなきゃならねえ」

「それじゃ、虎蔵の縄張りを取るってことですか」

「そういうこった。死んだ親分の縄張りは誰にもわたしゃしねえ。手を出してきそうな野郎の顔が二つ三つ浮かぶが、近いうちに仁義を切って釘を刺しに行く」

「鳥越一家の生き残りにも、同じことを考えているやつがいるんじゃ……」

「いねえさ」

忠次郎は煙管を灰吹きに打ちつけた。ボコッという音がした。

「虎蔵の一の子分だった辰吉はもうこの世にゃいねえ。他の子分はみんな雑魚《ざこ》だ」

「浅草にはいくつかの一家がありますよ。とっくに目をつけてるかもしれません」

「そうだろうが、すぐに手をつけるようなことはしねえはずだ。もっともひそかに縄張り取りを競っちゃいるだろうが、そっちもおれが乗り込んで話をする。だが、おれひとりでできることじゃねえ。仲間がいる。五郎七……」

忠次郎は五郎七をあらためるように見た。体はさほど大きくないが、肉付きがよいのでそれなりに押し出しの利く男だ。

「生き残りの子分は何人いる？」

忠次郎の問いに、五郎七は短く視線を彷徨《さまよ》わせた。

「十四、五人がせいぜいでしょう。鳥越一家に乗り込まれたとき、兄貴連中は殺されたり怪我をしましたし、あのとき親分の家にいた者はみんな小伝馬町《こでんまちょう》の牢屋です」

「十四、五人か……」

「それも三下《さんした》がほとんどです」

「そうかい」

忠次郎はぐい呑みをつかんで思案した。

ちりんちりんと風鈴が鳴り、蚊遣りの煙が勢いよく流れていった。

「しかたねえな。よし、三下でもいいから人を集めるんだ。だが、派手に動くんじゃねえ。いずれ仲間を集める日まで、一家を立て直すことは胸の内にしまっておいてもらう」

「承知しやした」

「五郎七。一家を立て直したら、おめえにはいい思いをさせてやる」

「楽しみにしておりやす」

「早速、人集めに走ってもらうが、いまの家じゃどうにもしようがねえ。新しい家を借りることにする」

「それがようございます」

「あてはねえか？」

「そっちもあたっておきましょう。親分、楽しみになりましたね」

五郎七に初めて「親分」と呼ばれた忠次郎は面《おも》はゆくなったが、悪い気分ではなかった。

それから小半刻《こはんとき》（三十分）もせずに二人は料理屋を出た。

店の表で五郎七と別れた忠次郎は、通りを南へ辿り法恩寺《ほうおんじ》橋から深川元町《ふかがわもとちょう》代地にある長屋に戻った。

この長屋は常三郎の命令で、虎蔵の一の子分だった辰吉を殺す前に借りていたのだった。目的はほとぼりを冷ますためだった。

常三郎親分は辰吉を殺害したら旅に出ろと言ったが、忠次郎は聞かなかった。それで、一家から少し離れた場所に移り住んでいたのだ。そのおかげで、鳥越の虎蔵一家の襲撃から難を逃れていたのだった。

日当たりの悪いじめついた長屋に戻った忠次郎は、まといつく蚊を団扇で払いながら煙管を吸った。

五郎七に「親分」と呼ばれたことを思い出し、小さくほくそ笑み、

「親分か……いいひびきじゃねえか」

と、独《ひと》りごちた。

これから一家を構えるのだと思うと、なんだか胸がわくわくしてくる。

実の親より大事な親分を失ったばかりだが、忠次郎は急に目の前があかるくなっ

た気がした。

「うまくやらなきゃならねえな。冬吉の分もおれは生き抜いてやるぜ」

独り言が勝手に口をついて出る。

しかし、思い通りにいかないのが渡世人《とせいにん》たちの運命である。忠次郎もその例に漏れないのだが、当の本人は何も気づかずに期待に胸を膨《ふく》らませていた。

第二章　呼び出し

一

その朝、清蔵は浅草材木河岸の通りにある茶屋の床几《しょうぎ》に座っていた。

目の前を流れる大川《おおかわ》は夏の日射しに輝き、左手に見える吾妻《あずま》橋の橋桁《はしげた》がその照り返しを受けていた。

河岸地からは荷を積み終わったひらた舟や材木舟が、本所の揚場《あげば》を目指していた。上流から下ってくる荷舟もあれば猪牙舟もある。

清蔵は茶を飲みほして、河岸通りの左右に視線を向け、吾妻橋を行き交う人に目を凝《こ》らした。文太郎《ぶんたろう》という子分を待っているのだった。

文太郎は鳥越の虎蔵一家の子分だったが、源森の常三郎一家に討ち入った際には、仲間に入っていなかった。それで難を逃れていたのだ。文太郎は目端の利く男で、虎蔵から盃をもらったときから清蔵が面倒を見てきた。

清蔵が旅に出るときにも文太郎は連れて行ってくれとせがんだが、今度はひとり旅だと言って断っていた。

清蔵は江戸に戻ってくるなり悲報に接し、こんなことなら旅になど出るのではなかったと思うことしきりだ。だが、もう後《あと》の祭りである。

文太郎がやってきたのは、清蔵が茶屋の小女《こおんな》に茶のお替わりをして間もなくのことだった。

「わかったか？」

清蔵は顔を見るなり聞いた。

「へえ、やっと突き止めやした。忠次郎の野郎は亀戸《かめいど》に近い深川元町代地に隠れ住んでいやした。おそらく常三郎の指図だったんでしょう」

「よくやった」

清蔵はそう言って口を引き結んだ。

「それから叔父貴にばったり会ったんです」

清蔵はさっと文太郎を見た。

「一度、家に来てもらいたいということでした」

「いつ会った？」

「ここへ来るちょいと前です。御蔵前《おくらまえ》で呼び止められまして、丁度よかった、清蔵がどこにいるかわからないかと聞かれまして、これから会うんだと言うと、家に来てもらいたいと……」

「何の用だろう……」

清蔵はそう言うが、だいたい察しはついていた。

「そうか、なら行かねえわけにはいかねえな」

「あっしもいっしょしやしょうか」

「うむ、まあ歩きながら話そう。その前に、喉が渇いてるんじゃねえか」

「へえ」

清蔵は小女を呼んで新しい茶を注文した。その茶が届くと、文太郎は喉を鳴らして飲んだ。丸顔の団子鼻で髭《ひげ》が濃く、着流しの襟から胸毛がのぞいている。

清蔵は文太郎が喉の渇きを癒《い》やしたのを見て、いっしょに長五郎の家に向かった。その間に、文太郎は七滝の忠次郎が隠れ住んでいる長屋の場所を細かく教えてくれた。

清蔵が忠次郎と会ったのは二回ほどだ。体の大きい男だということぐらいで、顔ははっきり覚えていなかった。それに顔を合わせたのは花川戸《はなかわど》の博打場《ばくちば》だったので、言葉も交わしていない。

長五郎の家を訪ねると、戸口にお島が出てきて、すぐ座敷にあげてくれた。

「運がよかった。おめえさんに話し忘れたことがあったんだ」

長五郎は前置き抜きに話しはじめた。ちらりと清蔵の背後に控える文太郎に目をやりはしたが、そのまま話をつづけた。

それは七滝の忠次郎を殺したあとの始末についてだった。

「終わったら江戸を離れるんだ。おめえまで失ったんじゃ、おれは安心して三途《さんず》の川をわたれねえ。そのことを言っておきたかったんだが、おめえの身を預かってくれる人はいるのかい」

長五郎は白髪《しらが》交じりの太眉を動かして清蔵を見た。

「旅をしているときに世話になった親分さんが何人かいます。頼めば請《う》けてもらえると思います」

「だったら、そうしたほうがいい。江戸にいちゃ、何かと面倒なことになるはずだ」

長五郎は町方の調べを言っているのだ。

だが、清蔵は江戸を離れる気はなかった。

「お気遣い、恩に着やす」

「それで、いつやるつもりだ？」

「やつの住んでいる場所がわかりましたんで、早速今日にも……」

清蔵はまっすぐ長五郎を見た。

「そうかい。間違っても返り討ちにあわねえようにな」

「へえ」

「これを持って行きな。路銀《ろぎん》の足しだ」

長五郎は前もって用意していたらしく、ずしりと重い財布を清蔵の膝前に置いた。

「こんなことは……」

「いいんだ。遠慮はいらねえ」

わたされたものを返すのは失礼にあたる。清蔵は頭を下げて礼を言った。

「それじゃ、ありがたく頂戴いたしやす。そんなことにはなりたくありやせんが、叔父貴の顔を見るのはこれが最後かもしれやせん。どうかお達者で長生きをしてください」

「淋しいことを言うんじゃねえ。うまくやってほとぼりが冷めたら、また遊びに来な」

にこりともせずに言う長五郎の顔を見て、清蔵は胸を熱くした。情に厚い人だというのはわかっていたが、こういうときの親切は身にしみる。

「ありがとうございやす。それじゃ叔父貴、これで失礼いたしやす。どうかお達者で……」

清蔵はそう言って台所のほうを見た。土間に立っているお島と目が合ったので、何も言わずに深々と頭を下げた。

清蔵はそのまま長五郎の家を出ようとしたが、

「文太郎、ちょいとここへ来てくれ」

と、声がかかった。

清蔵は文太郎を見て、

「行って来な」

と言って、先に表に出て待つことにした。おそらく長五郎は文太郎に心付《こころづ》けをわたすつもりなのだろう。そういう人なのだ。

待つほどもなく、文太郎が表に出てきた。

「お待たせいたしやした」

「何の用だったんだ?」

「いえ、たいしたことじゃありません」

文太郎はそう言ったあとで、すぐ言葉を足した。

「兄貴、今夜はあっしもついて行きやすから」

「それはいらねえことだ。おめえはやつの家を教えてくれさえすりゃいい。あとはおれがうまくやる」

「しかし……」

「文太郎、余計なこと言うんじゃねえ」

「へえ」

文太郎はうなだれた。

清蔵は高く晴れわたっている空を眺め、臍下《せいか》に力を入れ、口を引き結んだ。

二

「窓を開けてくれ」

清蔵は今戸町《いまどちょう》の自分の家に戻ってくると、ついてきた文太郎にそう言ってから、居間に腰を下ろした。

一家を構えていた虎蔵の家からも近いし、二階からは隅田川《すみだがわ》と対岸の墨堤《ぼくてい》が見える。花見の季節は二階の部屋で仲間と酒を酌み交わした。

この家を気に入って再三訪ねてきたのは、兄弟分の辰吉だった。だが、もうその辰吉はいない。

「文太郎、二階に行く。酒を持ってこい」

清蔵は腰をあげると、二階にあがって障子窓を開けた。川風が吹き込んできて、清蔵の鬢《びん》の毛を揺らした。

どっかり胡座《あぐら》をかいて窓の外に目を向ける。

今戸を出た渡し舟が対岸の須崎村《すざき》に向かっていた。舟には三人の客が乗っており、艫《とも》に立つ船頭がゆっくり棹《さお》を操っていた。頬《ほ》っ被《かむ》りをした手拭いを脱いで汗を拭うと、もう一度被り直した。

上流から俵物《たわらもの》を満載した舟が、渡し舟のそばを掠《かす》めるように下っていった。墨堤の桜は青葉を茂らせている。土手道を馬を引いて歩く百姓の姿があった。

(辰吉……)

清蔵は兄弟の名を心中でつぶやいた。辰吉の顔が瞼《まぶた》の裏に浮かぶ。

鼻梁《びりょう》が高く切れ長の涼しい目をしていた。

――兄弟、おれは親の顔もじつの兄弟の顔も知らねえで育った。なるようにして渡世人になっちまったが、足を洗いてェと思ったことが何度あるかわからねえ。

辰吉がそう言ったのは、この部屋から対岸の桜を眺めながら酒を飲んでいるときだった。清蔵は、おれは毎日思っていると答えた。

——兄弟が……。

辰吉は不思議そうな顔をしたあとで、

——だがよ。おれは兄弟になれてよかった。あんたと知り合えたんで、生まれてきてよかったと思っている。

——めずらしいことを言いやがる。おめえには似合わねえ。

——笑うなら笑ってもいいさ。ただよ、おれは兄弟に死に水を取ってもらいてえ。だから、おれより長生きをしてくれ。おれの願いはそれだけだ。

そう言って小さく笑った辰吉の顔を、清蔵はいまでも忘れはしない。あのとき、清蔵はこう言い返した。

——辰吉、兄弟分の盃をおめえと交わしてよかったとおれも思っている。だがよ、おめえのほうがひとつ若ェんだ。死に水はおれが取ってもらう。それが順番というやつじゃねえか。

辰吉は、「順番か……」と言って、また小さく笑った。

あのときは何だか楽しかった。清蔵は我に返ってそう思った。二人だけで静かに川を眺め、対岸に咲く満開の桜をいつまでも眺めていた。

だが、辰吉の死に水を取ることはできなかった。旅から帰ってきたときには、もう辰吉は土のなかに入れられていた。

「兄貴、豆を見つけたんでちょいと煎《い》ってきやした」

文太郎が酒といっしょに煎った豆を目の前に置いた。気の利く男だ。

「さあ、お注ぎしましょう」

文太郎が酌をしてくれた。文太郎は手酌をして、それじゃ、と軽くぐい呑みを掲げて飲んだ。

清蔵は黙って酒に口をつけた。そのままぼんやりと窓の外に目を向ける。雲が日を遮《さえぎ》ったらしく、かすかに暗くなったが、すぐにまたあかるくなった。

「もうじき日が暮れますね。夏の日は長いと言いますが、今日はやけに短く感じます」

文太郎は間《ま》が持たなくなったのか、そんなことを言う。

「辰吉が殺《や》られたとき、そばには誰もいなかったのか？」

そのことは聞いていなかった。

「いませんでした。あの晩、辰吉の兄貴はひとりで飲みに行っていたんです。まあ、揉め事はありましたが、親分が放っておけ、いましばらく様子を見るとおっしゃっていたんで……みんな腹を立てちゃいましたが、我慢していたんです。辰吉の兄貴は、やるときゃやるから、いつでも肚《はら》をくっておけと言っていましたが、まさか先に手を出されるとは思いもしねえことで……」

文太郎は悔しそうに唇を噛んだ。

一家の誰もが腹を立てていたのは、花川戸の賭場を荒らされたことである。それも一度ならず三度であった。賭場荒らしが源森の常三郎一家だというのはわかっていた。

だが、親分の虎蔵が様子を見ると言ったのは、そこが縄張り内ではなく、他の一家の賭場だったからだ。

博打は縄張り内で開帳《かいちょう》するときには、親分か一の子分（代貸《だいがし》）がその場を仕切るが、他家の縄張り内では「客分」となる。

源森の常三郎一家が揉め事を起こしたのはいずれも、虎蔵の分家筋の開帳場であった。虎蔵の心中は穏やかではなかったが、静観の体《てい》を決め込んでいた。ところが、火に油を注ぐようなことが起きた。

虎蔵の一の子分だった辰吉が何者かに殺されたのだ。

「辰吉の兄貴が殺されたとき、その件を町方に預けるかどうか親分は考えられましたが、始末は自分でつけるとおっしゃいました」

だから、辰吉の死は表沙汰にされず、ひっそりと葬られた。下手人が七滝の忠次郎だとわかったのは、そのあとのことだ。

辰吉の行きつけの店の近くで、忠次郎が何度も見かけられており、また殺しのあった晩に忠次郎が子分を連れて舟で逃げたこともわかった。そのことを証言したのは、竹屋の渡しの船頭だった。

「辰吉を殺ったのが、七滝の忠次郎だとわかったのは、乗り込む前の日だったんだな」

「さいです」

文太郎の答えに清蔵は腕を組んで、宙の一点を見据えて深く考え込んだ。

(放っておけることではない)

強い川風が吹き込んできて、軒先に吊るしている風鈴が、ちりんちりんと騒がしく鳴った。

「兄貴、酒を持ってきましょうか」

清蔵が考え事をしていると、文太郎がそんなことを言った。いつの間にか二合徳利が空になっていた。

「いや、もういい。今夜は大事な用があるんだ」

清蔵はそう答えて表に目を向けた。

いつの間にか対岸の墨堤《ぼくてい》が夕靄《ゆうもや》に包まれていた。

三

その日の夕刻、五郎七が手頃な一軒の貸家を見つけてきたと知らせに来た。

忠次郎は早速見に行こうと言って、五郎七を伴ってその家を見て長屋に帰ってきたばかりだった。

その家は延命寺《えんめいじ》の西隣にある中之郷八軒町《はちけんちょう》にあった。表通りから少し入ったところにあったが、最初から大勢の子分を抱えるわけではないので、十分だろうと思った。

五郎七は早速借りる算段をつけるので、二、三日待ってくれと言って帰っていった。

ひとりになった忠次郎は大きな体を持て余すように壁に背中を預けたあとで、浴衣に着替えた。

「さて、どうするか……」

独り言をつぶやく。

鳥越の虎蔵一家の辰吉を殺ったあと、常三郎親分から身をひそめていろと命じられ、忠実におとなしくしていたが、もはや自分にうるさいことを言う者はいない。

なにより常三郎が殺され、一家は散り散りになっている。いつまでも安普請《やすぶしん》の長屋にいる必要はなかった。

表はすっかり暗くなっている。それに腹も減っていた。

ジジッと蟬のような音を立てて鳴った行灯《あんどん》を見て、法恩寺橋のそばに気になっている小料理屋があるのを思いだした。

亭主がいるのかどうかわからないが、様子のよい柳腰《やなぎごし》の女が暖簾をあげ、店の前に打ち水をしている姿を見かけている。年の頃は三十前後だろうが、色白で瓜実《うりざね》顔の美人だった。

（冷やかし半分に行ってみるか）

忠次郎はそのまま家を出た。長屋の木戸口で一度立ち止まり、亀戸のほうを眺めた。ところどころに夜商いの店のあかりがあるぐらいで、あとは濃い闇に包まれていた。

夜空にはあかるい星しか見えないので、天気は下り坂かもしれない。忠次郎はそのまま法恩寺橋のほうに足を進めた。

背後に人の気配を感じたのはすぐだ。立ち止まって振り返ると、

「七滝の忠次郎だな」

と、黒い影となっている男が聞いてきた。

「てめえは……」

問いかけたとたんに、黒い影が突進してきた。腹に熱い感触があった。

「や、野郎……」

くぐもった声を漏らし、相手を突き放そうと顎を押しやったが、離れないばかり

か、腹に突き入れたものをさらに深く入れてくる。刺されたのだとわかったのは、そのときだ。

忠次郎はカッと目を剝き、両手で相手の首を絞めにかかった。

「うぐッ……」

相手は苦しそうにうめいたが、離れようとしないばかりか、腹に刺し込んだ刃物を抉《えぐ》るように動かした。

「ぐッ、ぐぐッ……」

自分の口からうめきが漏れた。体から力が抜けていくのがわかる。相手の首を絞める手にも力が入らなくなった。

その相手が何か言ったが、忠次郎には理解できなかった。相手の体が離れたが、立っていることができなかった。ガクッと膝をついて両手を腹にあてた。

「お、お……」

忠次郎がこの世で漏らした最期の声だった。

四

伝次郎が南町奉行所に呼び出されたのは、七滝の忠次郎が刺殺された翌日の夕刻だった。

表玄関を横目に役所建物をまわり込み、内玄関から入るとすぐに使いの者が、用部屋に案内した。

下座に控えていると、一方の襖《ふすま》が開いた。伝次郎は両手をついて深々と頭を下げる。畳をする足袋《たび》音はすぐにやみ、面《おもて》をあげよと、筒井奉行の声がした。

「もそっと、これへ」

うながされた伝次郎は筒井のそばへ膝行《しっこう》した。

筒井の福々しい顔が静かに伝次郎を眺めた。器量のなせる業《わざ》か、短軀《たんく》だが体がひとまわり大きく見える。

「呼ばれたことに察しはついておろうな？」

聞かれたが、伝次郎にはわからなかった。

「いえ。なにか大きな出来事でも……」

「聞いておらなんだか。ま、よかろう。昨夜《ゆうべ》のことだ。本所で殺しがあった」

伝次郎は眉宇《びう》をひそめた。

「殺されたのは、七滝の忠次郎というやくざ者だ。北本所を縄張りにしていた源森一家の子分であった」

「源森一家……すると……」

「ほう、その一件は知っておるようだな」

筒井は年齢のわりには澄んだ瞳を輝かせる。しわも皮膚も年相応であるが、その目の輝きは若さを保っている。善悪を見分ける慧眼《けいがん》である。

「松田様より耳にいたしております」

「ならば話が早い。源森一家は先日、鳥越の虎蔵一家と争いの末、両一家の頭は相討《あいう》ちで果てた。その後、双方に解散を命じたばかりだ。一家にいた子分らは散りになっているはずだが、まあすぐに堅気仕事に戻るなどとは、わしも考えてはおらぬ。もっとも、しばらくは一家にいた者たちの動きに注意を払っていたが、目立ったことはなかった。そこで見廻りを打ち切ったのだが、その矢先のことであった」

筒井は短い間を置いた。

表は夏の日射しが強い。一方の襖と障子は開け放たれ、中庭から風と蟬の声が流れ込んでくるが、暑さはしのげない。

筒井は扇子を抜いて開き、ゆっくりあおいでから話をつづけた。

「殺された忠次郎なる者は、源森一家では、いずれ跡目を継ぐと噂されていた男だったらしい。先の騒ぎのあとだから、おそらく意趣《いしゅ》返しと考えてよかろうが、真のところはわからぬ。一家とはまったく関わりのない者の仕業かもしれぬ」

「…………」

「そちを呼んだのは、その調べにあたってもらいたいからだ。何故なら、探索方の与力・同心は共に忙殺《ぼうさつ》されておるからの。殺し、盗み、拐《かどわ》かしなどと猫の手も借りたいほどの忙しさである。かといって若い同心を使うには、相手が相手だ。それに北町は非番月なので、この一件を預けるわけにもまいらぬ」

つまり、忠次郎殺しに割《さ》ける人員がいないということなのだ。

「承知いたしました。早速調べにかかりたいと思いまするが、この一件を調べた同心はいるのでしょうか？」

「番屋から知らせを受けた本所方がいる。番屋は南本所出村町《でむらちよう》だという。調べはそこからであろう。町の嫌われ者であるやくざの殺し、気は乗らぬだろうが、これも御番所の仕事である。よきに計らってくれ」

「はっ」

「沢村、どうじゃ、このところ」

筒井は急に声音を変え柔和《にゆうわ》な笑みを浮かべた。

「このところ、とおっしゃいますのは……」

筒井が何を聞きたいのかすぐに理解できなかった。

「この仕事に戻ってきて後悔などしておらぬか？　苦に思うことがあれば、遠慮のう申せ」

「さようなことはありませぬ」

筒井はすうっと短く身を引き、安堵《あんど》したように口を開いた。

「そうであればよかった。狭い御番所のなか、わしがそなたを身贔屓《みびいき》しているのではないかと、狭量《きようりよう》な心得《こころえ》違いをしている者がいてもおかしゅうない。そろそろそんな者が出てこないともかぎらぬ。ちょいと気になっておったのだ」

筒井は目を細めて伝次郎を眺める。さすが下情《かじょう》に通じている奉行である。

このような目配りと気配りができるからこそ、一筋縄ではいかぬ与力・同心を束ねることができるのだろう。

「ご懸念《けねん》には及びませぬ」

筒井は、「そうか、そうか」と頷《うなず》き、

「では、頼んだぞ」

と、扇子を閉じた。


奉行所の表門を出ると、日射しを遮ることのできない腰掛けに座っていた与茂七が駆け寄ってきた。

「旦那、のっぴきならねえ禍事《まがごと》ですか?」

「うむ。まあ、歩きながら話すが、粂吉をあとで呼んできてくれ」

伝次郎はそう言って奉行の筒井から申しわたされたことを、かいつまんで話した。

「殺されたのはやくざですか。それも、この前騒動を起こした一家の子分ですか」

話を聞いたあとで、与茂七はつぶやくように言った。

「おまえはまた、殺されて当然の男だったと思っているかもしれぬが、調べてみなければわからぬことだ」

「殺された忠次郎ってやくざは善人だったかもしれないと……」

「そう決めつけることはできぬが、相手が誰であろうと人を殺《あや》めてよいという法はない」

「まあ、たしかに」

「とにかく役目を命じられたからには、ゆっくりはしておれぬ。おれは先に帰って着替えをしておく。おまえは粂吉を捜しておれの家に来てくれ。見つからなかったなら、粂吉の長屋にその旨《むね》の書付《かきつけ》を投げ入れておけ。まず、おれたちが行くのは、南本所出村町の番屋だ」

「へえ、承知しやした」

返事をした与茂七は小走りになって数寄屋《すきや》橋御門の外に消えていった。

伝次郎は空をあおぎ見た。夕暮れは間近だが、まだ空はあかるかった。

肩衣半袴《かたぎぬはんばかま》は夏用の麻であるが、背中と脇の下に流れる汗は止まらない。伝次郎はこれからの探索のことを考えながら数寄屋橋御門をくぐり、そのまま橋をわたった。

五

家に帰るなり濯《すす》ぎを運んできた千草が顔を向けてきた。

「新しいお役目ですね」

「うむ。また、殺しだ」

伝次郎の返答を聞いた千草は、少し顔をこわばらせた。

「気をつけてくださいましよ。それで調べはこれからですか？」

「うむ。まだ日が暮れるまでは間がある。やれることをやっておこうと思っている」

伝次郎は足を拭くと、そのまま奥の部屋へ行き、着替えにかかった。肩衣半袴はやはり肩が凝《こ》るし、堅苦しい。着流しに着替えると、気が楽になるのは不思議なことだ。

「わたしはこのままお店に出ますので、なにかご用があれば聞いておきます」

千草が脱いだ着物を畳みながら言う。

「なにもない。それにしても、今日はゆっくりではないか」

「仕入れは朝のうちにすませましたから。では、気をつけて行ってらっしゃいませ」

「千草もな」

行きかけた千草が振り返り、小さく微笑んだ。その顔に障子をすり抜けてきた夕日があたった。色白の瓜実顔がほんのり朱に染まっていた。

「ええ」

千草も短く言葉を返した。

着替えをすませて居間に行き、水を飲んだ。そのとき、松田久蔵から先に話を聞いておこうかと思った。

久蔵は鳥越一家と、源森一家に目を光らせ、内偵《ないてい》をしていたはずだ。殺されたのが源森の常三郎の子分なら、下手人探索につながる手掛かりを知っているかもしれない。

しかし、いま久蔵がどこにいるかわからない。

与茂七が戻ってきたのはそれからすぐのことだった。

「旦那、粂さんは見つかりませんでした。戸口に書付を挟んできたんで、気づいたらあとで駆けつけてくるはずです」

「そうか。では早速まいろう」

伝次郎は家を出ると、まっすぐ亀島橋の袂に置いている自分の猪牙舟に乗り込んだ。与茂七が舫《もや》いをほどいて舳《みよし》に座る。

手早く襷《たすき》を掛け、尻端折《しりはしょ》りをした伝次郎は棹をつかんで、岸壁を押した。すうっと猪牙舟は川面を滑る。そのまま亀島川を進み、霊岸橋をくぐって日本橋《にほんばし》川を横切り、箱崎《はこざき》川を抜けて大川《おおかわ》に出た。

いつしか夕日の帯が川面を走っていた。西の空に浮かぶ雲は茜《あかね》色に染まっている。

伝次郎は棹から櫓《ろ》に替えて舟を漕ぎつづける。流れに逆らうので舟は這《は》うようにして進む。ぎぃぎぃと、櫓が軋《きし》み。舳が水をかき分ける音がする。

大橋《おおはし》の近くには屋形船と屋根船が浮かんでいた。夏の風物詩である涼船《すずみぶね》である。客たちが早くも酒を飲んで騒いでいる。三味線の音もかすかに聞こえてくる。

大川端には葦簀《よしず》張りの簡易な店が拵《こしら》えられている。夏の間だけ許される飲食店だ。それに花火も打ちあげられる。

夏の両国《りょうごく》界隈は昼間の人混みに劣らず、夜も人がひしめき合う。大橋の上にも人がたむろする。

「旦那、騒ぎを起こしたやくざ一家は仕舞い納めになったんですよね」

「お奉行がその旨の触れを出されている。だが、触れが守られるかどうか、それはわからぬ。もっとも、気になる動きはなかったので、見張りは打ち切られた。殺しが起きたのは、その矢先のことだ」

「やっぱ殺したのはやくざですかねェ」

「それは調べてみないとわからぬ。与茂七、つかまっておれ」

水量豊かな大川は大きくうねることがある。川を横切るように舟を向けると、うねる波の影響を受け、下手をすれば転覆の恐れもある。

だが、伝次郎は大きな波が来ても決して慌てはしない。微妙な櫓操りで、その波を逆に利用して舟を進めることができるのだ。

櫓三年に棹八年と言われるが、伝次郎はその技術を短期間で習得し、それに磨きがかかっている。町奉行所を辞したあとで、船頭仕事をはじめたのだが、舟の扱いを教えてくれたのはいまは亡き嘉兵衛《かへえ》である。

その嘉兵衛からは操船技術はもちろんだが、川の流れの読み方まで教わった。川は深い場所と浅い場所で色が違うし、流れの遅い場所と速い場所もある。熟練の船頭は、そのことをさっとひと目で判断でき、より安全なところを進むのである。

伝次郎は大橋の手前で川を横切り竪川《たてかわ》に入った。そのまま舟を東に向ける。一ツ目之橋《ひとつめのはし》、二ツ目《ふたつめ》之橋と過ぎ、大横川《おおよこがわ》に入って法恩寺橋の袂に猪牙舟をつけた。

南本所出村町は、その橋の東詰にあった。通りを挟んだ南は深川元町代地だ。

「その件でしたら、喜兵衛《きへえ》さんです」

奉行の筒井から聞いた自身番《じしんばん》に入ると、詰めている書役《かきやく》が伝次郎の問いにそう答えた。自身番に詰めるのは町役《ちょうやく》と町雇いの者たちだ。昼間と夜は交替するので、刺殺された忠次郎の一件を調べたのは、昨夜詰めていた喜兵衛という書役だった。

「喜兵衛を呼んでくれないか」

伝次郎がそう言うと、若い番人がすぐに呼んできますと言って出ていった。

「それで、忠次郎の死体はどうなった？」

伝次郎は金五郎《きんごろう》という書役に訊《たず》ねた。書役は「親方」と自身番内では呼ばれる。

「今朝までこの番屋の裏に置いていましたが、源森一家にいた知り合いに引き取ってもらいました」

「そいつの名は？」

「五郎七という人でした」

「そやつの住まいはわかっているんだな」

「聞いています」

金五郎は帳面を出して、書付けてある場所を指し示した。与茂七がのぞき込み、素早く書付けた。この辺の要領をやっと覚えたようだ。

「それで、どこで襲われたのだ？」

「すぐそばです。永隆《えいりゅう》寺《じ》という寺があるんですが、その近くだったようです。殺された忠次郎って人はその先にある長屋住まいだったので、下手人は木戸門の近くで待ち伏せでもしていたんでしょう。

そんな話をしているうちに、喜兵衛という書役が呼びに行った番人とやってきた。

「知らせを受けて見に行ったときには、もう息はありませんでした」

伝次郎が昨夜の様子を聞いたときに、喜兵衛はそう言って怖気《おぞけ》をふるった。

「腹のあたりからどんどん血が溢《あふ》れていたんです。ここに運んでくる間も、血は流れつづけていました」

「下手人を見た者は?」

喜兵衛は首を振り、

「そっちの調べは本所方の旦那がなさいましたので……」

と、言った。

「なんという同心だ?」

「広瀬《ひろせ》様です」

広瀬小一郎《こいちろう》。北町奉行所の本所方同心である。伝次郎とは顔見知りだ。

「忠次郎の死体を見つけたのは誰だ?」

「あっしです」

答えたのは、詰めている番人だった。伝次郎はその男を見た。

「ちょいと煙草《たばこ》を買いに出たときでした。提灯のあかりに黒いものが横たわっているんで、近づくと人だとわかりました。声をかけても返事をしないので、提灯をかざしてよく見ると腹のあたりから血が流れ出ていました。それで、こりゃあ大変だってことでこの番屋に戻ってきたんです」

「それは何刻頃《なんどき》だった？」

「六《む》つ半（午後七時）近かったはずです」

番人が忠次郎の死体を見たとき、まだ血は止まっていなかったというから、襲われて間もなくだろう。

「忠次郎が倒れていた近くにあやしい影はなかったか？」

「誰も見ませんでした」

番人は死体を見つけて動転《どうてん》していただろう。冷静にまわりを観察などしていないはずだ。

伝次郎はそれからいくつか問いを重ねたが、番人も喜兵衛も手掛かりとなるようなことは口にしなかった。

伝次郎はそのまま自身番を出た。

「どこへ行くんです？」

表に出るなり与茂七が顔を向けてきた。

「広瀬が詰めている御用屋敷だ」

だが、本所亀沢町《かめざわちょう》の御用屋敷に広瀬はいなかった。

六

その頃、粂吉は自宅長屋の戸口に挟まれていた小さな文を見つけて、これはしくじったと舌打ちをした。

文は小さな書付で、与茂七からのものだとわかった。そして、戸に挟まれたのはまだ日のある七つ半（午後五時）頃である。

これから本所へ行っても、おそらく会えないだろう。ならばどうしようかと、伝次郎の行動を推量した。

もう五つ（午後八時）に近い。聞き込みをつづけていれば、会えるかもしれないが、時間を考えればすれ違いになる公算が高い。

（旦那の家で待とう）

粂吉はそう決めた。

伝次郎が猪牙舟で出かけているなら、亀島橋のそばで待てばいいと考え、松川《まつかわ》町《ちょう》の裏店《うらだな》を出た。夜の闇は濃くなっており、日中の暑さも少し和らいでいた。

粂吉は急ぐことはないと考え、楓川《もみじがわ》に架かる松幡《まつば》橋をわたると、気紛れに本八丁堀の河岸道を辿った。

与茂七の書付から何かが起きたというのはわかるが、いったい何があったのか、見当はつかない。南本所出村町の自身番に行くとあるので、本所のほうで何か事件が起きたのだろうと、ぼんやり考えた。

提灯を持って河岸道を歩く人の姿は少なかった。通りには居酒屋や料理屋の掛行灯のあかりが点々と闇のなかに浮かんでいる。まるで蛍のようだ。そして、その店の前だけが少しあかるい。

それは河岸道の外れまで来たときだった。

「てめえ、黙ってりゃいい気になって、ぶっ殺すぞ！」

突然の怒声のあとで、ガチャーンと物の割れる音がした。

「やめとくれ！　喧嘩ならよそでやっとくれ！」

いきり立った女の声がした。

条吉はハッとなった。そこが千草の店だったからだ。

立ち止まった条吉は、「桜川」と書かれた掛行灯をたしかめるように見て店に向かった。その間にも千草の声と、啀《いが》み合う二人の男の声が重なっていた。

がらりと戸を引き開けて店に入ると、二人の男が土間に立ち、互いの襟《えり》をつかみにらみ合っていた。そのそばに千草がいて、止めようとしていた。

「条さん」

千草が声をかけてきた。救いを求める目をしている。

「どうしたんです？」

「この二人が突然、喧嘩をはじめて……」

千草が言葉を切ったのは、ひとりの男が表で勝負だと言って、相手の襟から手を放したからだった。

条吉はその男を見て、目をみはった。与作屋敷の前で喧嘩騒ぎを起こしていた桶町の新左だったからだ。

「見世物じゃねえんだ。どきやがれッ」

新左は条吉の肩を乱暴に突こうとしたが、そうはいかなかった。

粂吉がとっさに突き出された手首をつかみ取り、背後に捻《ひね》りあげたからだ。

「いてて、てめえ何しやがんだ」

粂吉はそのまま店の表に新左を出した。もうひとりの喧嘩相手も遅れて出てきた。職人のなりだ。それも気の強そうな面構えである。

「何がもとで喧嘩になった」

粂吉は職人に聞いた。

「その野郎が四の五のうるせえことを言うんで、少しは黙って飲め、おとなしく飲めねえのかと言ったんです。そうしたらいきなり突っかかってきやがって……」

「てめえがでけえ口を利きやがるからだ。おれをなんだと思ってんだ。いてて、放さねえか」

新左は顔をしかめ、首を捻って粂吉を見る。

「粂さん、つまらないことなのよ。福助《ふくすけ》さん、もういいから今夜は帰って。あとはわたしが話をするから」

千草は職人にそう言って、早く帰ってくれともう一度頼んだ。

「だけど、このままじゃ……」

「福助と言うんだな。おれがこいつと話をするから帰れ」

条吉にもそう言われた福助は、短く渋ったが、観念した顔になって帰っていった。その姿が見えなくなってから、条吉は新左を放した。とたん、新左は横に跳ぶと、懐に呑んでいた匕首を閃かせた。

「てめえ、邪魔をしやがって何様のつもりだ！」

新左はつばを飛ばしながら喚き、匕首をさっとひと振りしてすごんだ。条吉は落ち着いていた。凡庸《ぼんよう》な顔つきだが、腕っ節は筋金入りだ。町方の手先仕事をする前は、喧嘩で相手を半殺しにしてもいる。

「てめえ、おれの顔を忘れたか。まあ、あのとき、おれには気づいちゃいなかっただろうが、てめえは桶町の新左と言ったな」

「な、何でおれのことを……」

剣呑《けんのん》な顔から凶暴性が薄れた。

「すぐその先の与作屋敷の前で、築地の銀蔵という与太《よた》と喧嘩をしていただろう」

「へッ……」

新左は驚き顔をした。

「あのとき止めに入ったのは、おれの旦那だ」

「なんだと。するってェとおめえは、あの町方の手先か……？」

「そうだ。そうとわかっても、おれに斬りかかってくるか。やるんだったらおれも遠慮はしねえぜ」

粂吉は目に力を入れてにらんだ。新左は大きなため息を漏らして、匕首を持っている手を下ろした。

「興醒《きょうざ》めじゃねえか。酔いまで醒めちまった。それに、あんたにゃ恨みはねえんだ。ふん、面白くねえ。おい女将《おかみ》、勘定だ」

新左は千草を見て言った。

七

「旦那、すっかり遅くなっちまいましたね」

霊岸橋をくぐり抜け亀島川に入ったところで与茂七が口を開いた。

「ああ」

伝次郎は短く答えただけで棹を右舷から左舷に移し変えた。川面はとろっと油を流したように黒々としていた。その川面が空に浮かぶ少ない星と、河岸道にある縄暖簾や居酒屋のあかり、そして舟提灯のあかりを映していた。

忠次郎殺しを最初に調べたという広瀬小一郎には会えなかった。その後、再び南本所出村町の自身番に行き、付近で聞き込みをしたが、忠次郎が刺されたのを見たという者はいなかった。

伝次郎は殺しに使われた得物《えもの》と、刺し傷がどうなっていたのかを知りたかったが、それもわからないままだ。また、忠次郎が住んでいた長屋にも聞き込みをしたが、これといった証言も得られなかった。

「また明日、聞き込みをやるしかない」

伝次郎は猪牙舟を流しながら言った。

「広瀬の旦那に明日の朝会いに行きましょうか?」

伝次郎の考えていることを与茂七が口にした。

「いまから行きたいところだが、そうするしかあるまい」

「遅いですからね」

伝次郎は前方に見える亀島橋に目を向けた。橋の上に黒い影があり、こちらを見ている。誰だろうと眉宇をひそめた。会って話を聞きたい松田久蔵ならよいがと期待するが、そんなに都合よくはいかない。

「あれ、粂さんじゃねえかな……」

猪牙舟が橋に近づいたところで与茂七がつぶやいた。すると、橋の上から、

「遅うございましたね」

と、声がかけられた。粂吉だった。

猪牙舟を舫うと、粂吉が岸辺に下りてきた。

「いったい何があったんで？」

「殺しだ」

伝次郎が答えると、粂吉はへっと息を呑んだ。

「殺されたのは源森の常三郎の子分、七滝の忠次郎という男だった。下手人の手掛かりはつかめずじまいだ」

「今日は無駄足でした」

そう言った与茂七を伝次郎はにらむように見た。

「無駄ではない。少なからずわかったことはある。与茂七、探索に無駄というのはないのだ。それに、大事なことを見落としているかもしれぬ」

「へえ、すいません」

与茂七は素直に頭を下げた。

「とにかく話をしよう。いろいろ調べなければならぬことや知りたいことがある」

伝次郎はそう言って足を進めた。家に戻ると、千草が迎えてくれた。

「どうしたのだ。今夜は早いではないか？」

「店でいやなことがあったので早仕舞いをしたのです。粂さんにお世話になったし」

「何があった？」

伝次郎は濯ぎを使いながら粂吉を見た。

「千草さんの店で桶町の新左って野郎が与太っていたんです。相手は職人なんですが、えらい荒れようでして……」

「そこへ粂さんがやってきて、まるく収めてくださったんです」

千草が言葉を添えた。

「桶町の新左って、与作屋敷の前で喧嘩をしていたやくざ者か」

「さようです」

「面倒なやつだな。ま、いい。あがれ」

伝次郎は座敷に条吉をあげると、その日奉行に呼ばれてからのことをざっと話してやった。

「源森一家に恨みを持つ、鳥越の虎蔵の子分の仕業ではないかと考えるのが本筋だろうが、そうと決めつけるのは早い」

「しかし、鳥越一家のことは探らなきゃなりません」

「無論、調べる」

「それで、あっしは何を……」

条吉は真剣な目を伝次郎に向ける。

「明日はもう一度、忠次郎が殺された近くで聞き調べをやる。それに付き合ってくれ」

「わかりやした」

「それから松田さんに会いたい。あの人は争いを起こした二つの一家に目をつけていたから、何かと詳しいはずだ」

「広瀬の旦那には明日の朝、あっしが会いに行きます」

与茂七が言った。

「それは早いほうがいいだろう。広瀬の持ち場は本所だから、朝は早いはずだ」

「六つ（午前六時）過ぎにでも訪ねてみます。体が空いているようでしたら、この家に呼びますか？」

「直截《ちょくせつ》に聞きたいことがあるから会いたい。できればそうしてくれ」

伝次郎がそう応じたとき、玄関に訪《おとな》う声があった。

「あ、あっしが……」

与茂七が立って玄関に向かい、すぐに戻ってきた。

「松田の旦那です」

伝次郎はくわっと目を見開いた。

会いたいと思っていた人が、向こうからやってきたのだ。

第三章　消えた男

一

「おれがやるべきことなのだろうが、上野《うえの》の常松《つねまつ》屋の主《あるじ》殺しを調べることになったのだ。それに、あの二つの一家の子分らも目立った動きはなかった。これで鳥越の虎蔵一家と源森の常三郎一家が消えたと思っていたのだが……お、すまぬ」

久蔵は伝次郎の酌を受けた。隣では、与茂七が千草の作ってくれたにぎり飯をむしゃむしゃ食っている。

「聞き込みはまた明日もやらなければなりませんが、松田さんはどう考えます？」

久蔵が気を遣って訪ねてきたというのが、伝次郎にひしひしと伝わっていた。だが、聞くことは聞いておかなければならない。

「鳥越の虎蔵は、浅草聖天町界隈を縄張りにしていたが、元鳥越で一家の旗揚げをした男だ。単に鳥越一家と呼ばれる。跡目になるのではないかという男が二人いた。ひとりは賭場で代貸をやっていた辰吉、もうひとりは清蔵という男だ。この二人は兄弟分で仲がよい」

「その二人はいまどこに？」

「それだ」

久蔵は酒を嘗《な》めるように飲んでつづけた。

「騒動があってから、その二人を捜したがいなかった。つまり、源森一家に乗り込んではいないということだ。死人のなかにもいないし、牢屋敷に入れたやつらも知らないと言う。だが、清蔵という男は旅に出ていたことがわかった」

「どんな男です？」

「律儀《りちぎ》な男らしい。虎蔵の右腕となって長年尽くしていたという」

「辰吉の居所は？」

「それがわからぬのだ。しょっ引いた子分らも知らないと首を横に振る」

伝次郎は「ふむ」と、うなるような声を漏らして盃に口をつけた。

「源森の常三郎は、その名のとおり、北本所の源森橋の近くで一家を構えたからそう呼ばれていた。常三郎の評判は虎蔵に比べると、あまりよくない。親分というのは、子分らから上納金をもらうが、子分らもしのぎが大変だ。だが、内証《ないしょう》のきつい子分からも厳しい取立をする。取立ができないときには、なんでもいいから金を作ってこいと脅す。結句、金に困った子分らは、ほうぼうで金を強請り取り、女衒《ぜげん》の真似事をして女を売ったり、拐《かどわ》かしたりだ。喧嘩沙汰も始終起こしているし、賭場も荒らす。いざこざを起こすのは、源森一家のほうが一枚も二枚も上手だ」

「殺された忠次郎という男は……」

「忠次郎もあの騒動のときにはいなかった。いたら押さえていたはずだが、姿がない。子分らはしばらく顔を見ていないと言うばかりだ。それで、忠次郎という男だが、一言で言うと命知らずの荒くれだ。他の一家と揉めると、真っ先に飛んでいって話をつける、そんな男だ。おれも一度会ったが、六尺はあろうかという偉丈《いじょう》夫《ふ》だった。凄みのある顔もしているので、大抵の者は忠次郎の前に出ると言いたいことも言えなくなってしまう」

「そんな男なのに、殺されてしまった。ふむ……」

伝次郎は短く考えて言葉をついだ。

「松田さんの話を聞いていると、源森の常三郎一家はうまくまとまっていなかったような気がしますが、それはどうなのです？」

「鳥越の虎蔵一家に比べれば、まとまりはなかっただろう。親分である常三郎を心から慕っていた者も少ない気がする。ま、それはおれが感じたことではあるが……」

「源森一家は鳥越一家に乗り込まれた。そのことで一家は解散したのですね」

「触れが出されたので、それを守っていればという話だ」

「源森一家のなかに忠次郎に恨みを持った者もいたのではありませんか……」

「それはどうかわからぬ。もっとも、盾突《たてつ》くような子分がいれば、頭ごなしに押さえつけるような男だ。刃向かうことができなくても、根に持ったやつがいてもおかしくはないだろう」

「仲間割れというのも考えなければなりませんね」

「そうだな」

「それで、他に気になる常三郎の子分はいませんか?」

久蔵は渋みの増した顔を片手で撫で、短く考えてから答えた。

「常三郎の跡目と言われていた冬吉という子分がいた。だが、そやつは鳥越一家に乗り込まれたときに殺されている。他にめぼしい子分のこととなると、おれにはわからぬ。そこまで調べはしておらぬのだ」

「……小伝馬町に入っているやつらから話は聞いていますか?」

「大方聞いているが、もう一度あたるのも無駄ではなかろう」

伝次郎は牢屋敷も訪ねようと決めた。

「他になにかないか? おれが知っているかぎりのことは話したつもりだが……」

「あとはわたしのほうで調べます。夜分にもかかわらず、親切に来ていただき恐《きよう》縮《しゆく》です」

伝次郎は礼を言った。

「恐縮するのはおれのほうだ。だが、おぬしが調べを受け持つのだから、さほど心配はしておらぬ。下手人はすぐに挙げられるだろう」

「そうであればよいのですが……」

「さて、おれはこれで失礼しよう。千草殿、馳走《ちそう》になった」

久蔵は台所のほうに声をかけた。すぐに千草がやってきて、

「わざわざ足をお運びいただき恐縮でございます。もう、お帰りですか？」

「ああ、明日も忙しい身だ」

伝次郎も引き止めはしない。久蔵は常松屋の主殺しを受け持っている。おそらくそのことで頭はいっぱいのはずだ。

伝次郎は表まで久蔵を見送りに出て、提灯を持っている久蔵の小者に声をかけた。

「八兵衛、松田さんの助をよろしくな」

「へえ、承知しておりやす。旦那もお気をつけてください」

提灯を持ったままぺこりと頭を下げた八兵衛に、

「では、まいるぞ」

と、久蔵がうながした。

二

長五郎はさっきから縁側に座ったまま、ちびちびと酒を飲みながら雲に見え隠れする月を眺めていた。雲から出てきた月は丸い銀盆のようだった。

夜が更《ふ》けているせいか、風鈴を鳴らす風が幾分涼しくなっていた。蚊遣《かや》りの煙もその風に流されている。

長五郎はときどき、自分の腹のあたりをさすった。胃の腑《ふ》に変調があらわれたのは、ひと月ほど前だった。気になって医者に診てもらったが、食あたりだろうと言われた。

(とんだヤブだ)

胸中で毒づき酒を飲む。うまくはなかった。このところ食も細くなっている。それに胃のあたりに固い痼《しこ》りがある。それは日に日に育っているような気がしてならない。

(おれは長くねえな)

もう、いつ死んでもいいと考えている。

渡世人暮らしは長かったが、後悔などなかった。足を洗って隠居しても、なに不自由ない暮らしができている。それも、可愛い子分の面倒を見てきたからだ。

派手な出入りもやったが、命拾いできたのは、強い運があったからだと思っている。そうでなければ、とっくの昔に殺されていただろう。そんな修羅場《しゅらば》が何度かあった。

仁と義を重んじても、渡世人には分別《ふんべつ》のないやつが多い。いや、そのほとんどがそうだろうと思いもする。

長五郎に諭されて堅気になった者も少なくない。殺された虎蔵とは兄弟分で、おまえさんも一家を構えろと言われたことがある。だが、そのたびに断った。

――おれが一家を持ったら、てめえと張り合うことになるかもしれねえ。そうなったら、兄弟の盃を割らなきゃならねえ。

だから、長五郎はずっと虎蔵の陰に隠れた後見役《こうけん》を務めていた。

足を洗ったのは三年前だ。それはよかったと思っているが、若いときは無鉄砲甚《はなは》だしかった。

ふっと、長五郎は苦笑を浮かべて盃に口をつけた。

親分が刺されたことがあった。あのときは、丁半賭博《とばく》真っ最中の鉄火場にひとりで乗り込んで、親分を刺した男を引きずり出し半殺しにした。

そのことで長五郎は男を上げ、あちこちの一家から一目置かれるようになった。それで調子づいて危ない目にあった。怪我はしたが、殺されはしなかった。

そうやって年を重ねるうちに、だんだん人間がまるくなり、まわりのことが見えるようになった。人がついてくるようになったのもその頃からだ。

(地味な人生だったが、もう思い残すことはねえだろう)

長五郎は雲に隠れそうになっている月を見ながら、おのれに言い聞かせた。

「今日はどうなさったのです？　ずいぶん遅くまで起きてるじゃありませんか」

そばにお島がやってきた。

長五郎はいいときだと思った。

「おめえに話がある」

「なんでしょう」

長五郎はそばに座ったお島をゆっくり眺めた。行灯のあかりに片頰が染められている。年はひとまわり違う。

「……どうしたんです？　何だか今日はおかしいですよ」

「おめえは変わらねえな。若いときのまんまだ」

「いやですわ。急に……」

お島は照れ笑いをした。その顔を愛《いと》おしく思った。もうすぐ五十に手が届こうというのに、しわも少ないし肌にも張りがある。十は若く見える。

「そろそろ、おしめえにしようと思うんだ」

お島の顔が急にこわばった。

「おめえとはちゃんとした夫婦契りはしてねえ。だから三行半《みくだりはん》を突きつけるわけじゃねえが、これから先はおめえの好きなように生きるといい」

お島は目をみはった。顔には驚きの色がありありと浮かんでいた。

「おれはもう長くねえ。死に水を取りてェなんてことは考えなくていい。今日の明日というわけじゃねえが、頃合いを見てこの家を出て行け」

「そ、そんな。どうして、急にそんなことを言うんです」

「言っただろ、おれは長くねえって。見苦しい姿をおめえにさらしたくねえんだ。

金はやる。商売でも何でもやったらいい。他に男を作るのもひとつの手だ。おれに遠慮なんかいらねえ。おめえは十分おれに尽くしてきた」

「ほ、本気で言ってるんですか」

お島はまばたきもせずに長五郎を見た。

「冗談でこんなこと言えるか」

長五郎は盃を持ったが、酒は入っていなかった。徳利も空になっていた。

「今夜はもう少し飲む。持ってきてくれ」

空の徳利をわたすと、お島は黙って台所に向かった。

長五郎は煙管に火をつけ、雲から顔を出した月を眺めた。すぱっと煙管を吸って紫煙を吐く。紫煙はそのまま夜風に流された。

ちりんちりん、と風鈴が鳴った。

静かな夜だ。犬の遠吠えも聞こえてこない。夜廻りをしている番太《ばんた》の拍子木《ひょうしぎ》が、遠くで鳴ったぐらいだ。

お島が徳利を持って戻ってきた。

「おめえもやるか」

聞いたが、お島は黙り込んだまま首を横に振った。

「わたしはいやです」

「おれが決めたことだ。文句を言うんじゃねえ」

長五郎は煙管を灰吹きに打ちつけた。

お島は膝の上に置いた拳をにぎり締め、唇を嚙んでうなだれた。

「すぐに出て行けと言ってるんじゃねえ。頃合いを見て出て行きゃいい」

その言葉を受けたお島の両目から、大粒の涙がこぼれ落ちた。

三

伝次郎は自分の舟で粂吉と共に与茂七を待っていた。

刻限は六つ（午前六時）だが、日はすでに出ており、町屋もあかるくなっている。河岸道に見える商家のほとんども表戸を開けていた。

日の長い夏場はどこも朝が早く、店仕舞いが遅い。仕事に出かける職人たちの姿も少なくなかった。

伝次郎は煙管を吹かしながら、自分の顔を映し取っている水面を見つめた。その顔はゆらゆら揺れているが、我ながら年を取ったと思った。

「遅いですね」

粂吉がつぶやきを漏らした。

「朝の慌ただしいときだから、待たされてでもいるのだろう」

与茂七は広瀬小一郎の屋敷に行っているのだ。広瀬が会いたいと言ってくれば、伝次郎はすぐに行く腹づもりだ。

「旦那」

足音と共に与茂七が橋の上から声をかけてきた。

「どうした？」

「へえ。それがもう、広瀬の旦那は出かけたあとでした」

「なんだと……」

「行き先はわかっています。猿江《さるえ》橋の普請《ふしん》の立ち会いらしいです」

本所方と呼ばれる本所見廻りは、本所・深川《ふかがわ》の橋や道などの普請工事や、重要な建物の調べなどを行う。もちろん治安維持のために犯罪の取締りもやるが、本所や深川に関する諸般の処理を執り行っている。

「先月の野分《のわき》（台風）で猿江橋が壊れかけているらしいんです」

そういうことかと納得した伝次郎は、与茂七に早く舟に乗れと命じた。

猪牙舟を出したのはすぐだ。

「この時季は普請場に出る職人たちも早いから、広瀬の旦那もそれに合わせられたんだろう」

伝次郎が猪牙舟を出してすぐ、粂吉が与茂七を見て言った。

「昨夜のうちに会っときゃよかったですね」

与茂七が応じて棹を操る伝次郎を見てきた。

「しかたない。これから会いに行くんだから、さほどの問題ではないさ。ところで、出がけに千草が心配していたが、与茂七、おまえ卵を食ったか？」

「へえ。食ったというより、そのまま割って飲みました」

「あの卵は、古くなっていたので捨てるつもりだったらしい。千草がそんなことを言っていたが……」

「いえ、古くはなかったですよ。黄身は崩れていましたが……」

「そうか」

伝次郎は川底を強く突いて、猪牙舟に勢いをつけた。そのまま霊岸橋・崩《くずれ》橋・永久橋《えいきゅう》とくぐり抜け、大川に出た。その朝は水嵩《みずかさ》が低くなっていた。このあたりは河口なので海の影響を受ける。引き潮だから水嵩が低いのだ。

川のなかほどにある中洲《なかす》が姿を見せ、そこで休んでいるアジサシの群れがあった。そんな風景を横目に見ながら伝次郎は、万年《まんねん》橋をくぐって小名木《おなぎ》川に猪牙舟を乗り入れた。ひらた舟や猪牙舟と擦れ違う。日射しを遮るために菅笠《すげがさ》を被っているので、知り合いの船頭も伝次郎には気づかない。

伝次郎も急いでいるのであえて声はかけなかった。深川は伝次郎が船頭の修業をした地であるから、川の様子も町の様子も目をつぶっていてもわかる。

向かう猿江橋は大横川《おおよこがわ》に架かり、深川猿江町と深川西町《にしまち》を繋《つな》いでいる。野分で壊れそうになっていると聞いたが、なるほどそのようだった。人足らが橋のそばではたらいており、大工が材木を切ったり、運んだりしていた。

伝次郎は猪牙舟を新高橋《しんたかばし》の袂に舫って河岸道にあがった。着流しに羽織姿の広瀬小一郎が、作業を監視するように眺めていた。

「広瀬」

と、声をかけると広瀬が振り返り、驚き顔をした。

「これは沢村さん、お久しゅうございます。こんな早くにどうされました？」

「一昨日の晩に、源森一家の忠次郎という男が殺された件だ」

広瀬はぴくっと眉を動かした。

「沢村さんが調べるんですか」

「そうなったのだ。話ができないか」

広瀬は「ならば」と言って、近くの茶屋へうながし、床几に並んで座った。

「あの件はわたしが請けてもよかったのですが、北町は非番月ですし、それにわたしにはやらなければならぬことがいくつもあるので、当番月の南町に調べをお願いしたのです」

広瀬は普段はべらんめえ口調だ。それに以前は、伝次郎を見下すような話し方をしていた。だが、いまはその態度も口調もあらためている。伝次郎が内与力並みの扱いを受けているせいかもしれないが、以前、広瀬の抱えていた事件を解決してやったことがある。そのことを広瀬は恩に着ているようだ。

「誰もが猫の手も借りたいほど忙しいようだ。それはともかく、忠次郎の死体を検《けん》分《ぶん》したのだな」

「しました。得物《えもの》は脇差《わきざし》か匕首、あるいは包丁のような物のはずです。ひどい刺し傷でした。刺したあと抉られていましてね。あれではひとたまりもなかったはずです」

広瀬は肝心なことを口にして、言葉をついだ。

「下手人は返り血を浴びているはずです。このあたりに……」

広瀬は自分の腹のあたりをさすった。

「下手人の落とし物などは……」

「ありませんでした。ただ、気になるのは殺された忠次郎の住んでいた長屋に出入りしている男が、ひとりだけいます。こやつのことはよくわからないんですが、何か知っているはずです。おそらく、忠次郎の子分だとは思うんですが……」

伝次郎は忠次郎が住んでいた長屋での聞き込みを徹底しようと思った。

「他に気になることは……」

「見落としがあるかもしれませんが、わかっているのはそれぐらいです」

「おまえは本所が持ち場だ。源森一家のことに詳しいのではないか？」

「ときどき揉め事を起こす子分がいましたので、とっちめたことはありますが、しょっ引くまでの罪はないんで放免するのが常でした。目につくようなあくどいことはやっていませんでした。もっとも、わたしが知らないだけかもしれませんが」

広瀬は首筋を流れる汗を手拭いで拭いた。

日射しが強くなっていた。蟬の声もかしましい。

「源森一家はあまりまとまっていなかったという話を聞いたが、それはどうだ？」

「親分の常三郎は吝嗇《りんしょく》だという噂でした。子分をうまくとりまとめる役が、冬吉という一の子分でしたが、鳥越一家に乗り込まれたときに殺されています」

「忠次郎はどうだったんだろう？　やつは件《くだん》の騒動のときにはいなかったはずだ」

「なぜいなかったのか、それはわかりませんが、忠次郎にはどの子分も文句が言えないという話は聞いています。体は大きいし凄《すご》みもある。気に食わないことがあれば、首を絞めて吊りあげたり、馬鹿力で張り飛ばしたりと遠慮がなかった。そんな男なので、子分はいやなことでも黙って従うしかなかったでしょう」

「その忠次郎を恨んでいるようなやつはいなかっただろうか？」

広瀬は短い間を置いて、

「忠次郎に恨みを持つ子分の仕業《しわざ》だと考えているので……」

と、伝次郎を見た。

「そんなことはない、とは言えぬだろう」

「たしかに」

広瀬は茶を飲んだ。

「もし、なにか気づいたことがあったら教えてくれないか」

伝次郎は頼んだ。

「もちろんです。沢村さん、わたしは他の用事があるので、これで失礼します。急な用があれば、御用屋敷のほうに言付けしてください」

「わかった。手間を取らせたな」

広瀬は「いいえ」と、答えて普請場に戻った。

四

伝次郎は猿江橋を離れると、そのまま大横川を北へ上り、南本所出村町の自身番に入ったが、忠次郎殺しについて新たなことはわかっていなかった。

「忠次郎が住んでいた長屋へ行こう」

書役の喜兵衛から話を聞いた伝次郎は、粂吉と与茂七を振り返った。

忠次郎が住んでいた長屋は、自身番から一町《ちょう》（約一〇九メートル）ほど先の深川元町代地にあった。法恩寺の近くである。

「忠次郎の死体を引き取ったのは五郎七という男だった。そして、忠次郎の長屋に出入りしていたやつがいる。それも五郎七かもしれぬが、そのこともたしかめてくれ」

伝次郎は粂吉と与茂七に指図する。

長屋に入ると、伝次郎は「貸店」と貼り紙されている腰高障子を引き開けた。忠次郎が住んでいた家だ。がらんとしているが、枕屏風《びょうぶ》の裏には夜具が畳まれていて、台所には茶碗や飯碗などが残されていた。

数匹の蠅《はえ》が飛び交っており、どぶの臭いが鼻をついた。長屋全体が安普請《やすぶしん》で古く、日当たりも風通しもあまりよくない。

伝次郎が忠次郎の借りていた家を検分している間に、粂吉と与茂七は手分けをして聞き込みをしていた。

忠次郎が住んでいた家を眺める伝次郎は、おかしいと思った。松田久蔵や広瀬小一郎から聞いた話では、忠次郎は源森一家のなかでは上の子分だったはずだ。

それなのに、こんなしけた九尺二間《くしやくにけん》の長屋に住んでいた。それも鳥越一家の出入りがあったときにはいなかった。

(なぜだ?)

伝次郎はうす暗い家のなかを見まわしながら奇異《きい》に思った。

戸口を出ると、粂吉がやってきた。

「旦那、忠次郎がこの長屋に住んでいたのは一月《ひとつき》ほどでした」

「一月……」

「へえ。それで忠次郎を訪ねてくるのはひとりだけだったらしいです。それが五郎七という男のようです」

「やくざか？」

「風体《ふうてい》から堅気ではなかったと言いますから、忠次郎の子分なんでしょう」

「ふむ」

伝次郎は思案《しあん》顔を井戸端のほうへ向けた。長屋のおかみと話をしていた与茂七が、そのまま戻ってきた。

「旦那、忠次郎の長屋に出入りしていたのは、肉付きのよい三十過ぎの男だったと言います。背は高くなく強面《こわもて》で、幅の広い顎をしていたらしいです」

「あっしも同じようなことを聞いたんで、おそらく同じ男でしょう」

粂吉も言葉を添えた。

「そいつが五郎七なら会わなければならぬ」

伝次郎はそう言うと、自身番に戻った。

「忠次郎の死体を引き取りに来たのは五郎七という男だったな」

伝次郎は書役の喜兵衛に聞いた。

「さようです」

「背は高くないが肉付きがよく、幅の広い顎をしていた。年は三十過ぎ」

「……そうでした」

「忠次郎の死体を引き取りに来たのは、その五郎七だけということはないだろう。他に何人かいたはずだ」

「二人いました。お仲間だったのかどうかはわかりませんが……」

「どこに死体を運んだかわかっているか？」

喜兵衛は二人いる店番を見た。店番は首をかしげた。

「聞いていません」

伝次郎は内心で舌打ちをして、

「五郎七を捜す」

と、粂吉と与茂七を表にうながした。

「どうやって捜します？」

与茂七が聞いてくる。

「殺された常三郎は中之郷瓦町に一家を構えていた。それだけ言えば、あとはわかるだろう」

与茂七は、わかったという顔でうなずく粂吉を見た。

「おれは牢屋敷に行ってくる。おまえたちは五郎七捜しを頼む。おれの調べはさほど手間はかからぬはずだ。一刻《いっとき》（二時間）後には源森橋に一番近い茶屋に行くことにする」

伝次郎はそう言って自分の猪牙舟に向かった。

舟を出すと、そのまま大横川を下り、竪川に入る。考えることややるべきことが増えている。そのことを整理しながら、猪牙舟を操った。

忠次郎殺しは単純に鳥越一家の意趣返しと考えるのが普通だろうが、仲間内の仕業という疑いを忘れてはならない。

これまで聞いたことを考えると、忠次郎は下の子分らに慕われていたとは思えない。力で他人を圧すると反感を買いやすい。同じ一家の子分であっても、それは同じだろう。頭ごなしに怒鳴られたり、無理難題を押しつけられれば反抗したくなるのが人だ。それが気性の荒いやくざだったら、なおのことである。

（散り散りになっている子分らを見つけて話を聞かなければならない）

考えながら棹を操る伝次郎は、何度か汗を拭った。

いつの間にか暑さがいや増している。

一ツ目之橋をくぐり抜けて大川に出ると、そのまま横切るように薬研堀《やげんぼり》に猪牙舟を乗り入れて河岸道にあがった。あとは歩きである。

横山町《よこやまちょう》から小伝馬町に入り、牢屋敷の表門へ来た。ここに来るのは久しぶりである。門番に用件を伝えると、すぐに屋敷内に通された。だが、囚人たちが入れられている牢に行くには、もうひとつ門を通らなければならない。

その門の外に張番所《はりばんしょ》があり、詰めている牢屋同心に訪問の意図を告げると、門を開けてもらい、なかに入った。そこがいわゆる牢獄である。

正面に囚人たちが留置されている牢があり、門そばに改《あらため》番所がある。

牢屋同心は伝次郎の求めを受け、二人の囚人を呼んできた。源森一家の子分である。

伝次郎はその二人と、改番所で向かい合った。二人とも後ろ手に縛られ、萎《しお》れた顔をしていた。牢暮らしに嫌気がさしているからだろう。

「直截に聞くが、忠次郎を知っているな?」

伝次郎は二人を眺める。ひとりはまだ二十歳前の若い男で、もうひとりは二十代半ばの狐目《きつね》だった。

「知っていますよ」

狐目が答えた。

「忠次郎をどう思っていた？　兄貴分として立ててはいただろうが、好ましい男だったか？　正直に言うんだ」

「頼り甲斐《がい》のある兄貴ですよ」

「もう一家は解散したんだ。遠慮しないで正直に答えてもらいたい。忠次郎を恨んでいた子分はいなかったか？」

「それは……」

狐目は口を閉じた。

「遠慮はいらぬ。もう忠次郎に会うことはないだろうからな。おまえは忠次郎によくしてもらったのか？」

伝次郎は若いほうに聞いた。

若い男は遠慮するように狐目を見た。伝次郎は言うんだと、うながす。

「よく使いに走らされました」

「いい男か？」

「おっかない人だし、それに兄貴分です。言われたことは何でも聞かなきゃなりませんから」

「その忠次郎に刃向かうことはできなかった。だが、腹の底で殺してやろうと思っていたやつもいたのではないか」

「そんなことはないですよ。兄貴分を殺すなんて……」

狐目である。

「殺す殺さぬというのではない、殺したいと思っていたような子分はいなかったかと聞いているのだ」

「なんで、そんなこと聞くんです？」

「知りたいからだ」

伝次郎は狐目をひたと見つめる。

「まあ、なかにゃ恨んでいるやつもいたかもしれませんが、おれはそんなこと思っちゃいませんよ」

「誰が恨んでいた？　なんというやつだ？」

狐目は「それは」と、言葉を濁して黙り込んだ。やはりこういったことは言えないのだろう。伝次郎は問いを変えた。

「五郎七という男がいるな。やつがどこに住んでいるか知っているか？」

二人はしばらく返事をしなかった。蟬の声が表から聞こえてくる。

「……五郎七さんの家なら、親分の家から近い小梅代地町《こうめだいちまち》です」

狐目が答えた。

「小梅代地町のどこだ？」

「延命寺の前です。作右衛門店《さくえもんだな》に住んでるはずです」

「五郎七も忠次郎も鳥越一家が乗り込んだときにはいなかったな。なぜ、いなかった？」

さあ、それはと、狐目は首を捻る。若いほうもわからないと首を振った。

「忠次郎と五郎七はどんな間柄だ？」

「兄貴と弟分ですよ。五郎七さんはいつも忠次郎の兄貴のそばにいる世話掛《がかり》です」

「五郎七が忠次郎を恨んでいたようなことは……」

「そりゃないですよ」

狐目はきっぱり否定した。

「もう一度聞く。忠次郎を恨んでいた子分のことを教えてくれ」

二人は黙り込んで答えなかった。

「では、忠次郎だが、やつの住まいはどこだ？」

これにも二人は逡巡《しゅんじゅん》したが、狐目があきらめたような顔で答えた。

「兄貴は業平橋《なりひら》のすぐ近くに住んでました。須崎村です」

これは調べればすぐにわかるだろう。

「忠次郎が一月ほどその家を空けていたのは知っているか？」

「そりゃあ知らねえです。ときどき親分の家で会いましたが、何も言ってませんでした」

「おまえはいつも常三郎の家にいたのか？」

「住み込んでいたのはこいつです」

狐目は若い男を見た。

「忠次郎に会ったのはいつだ？」

「……半月ほど前だったはずです。ここ一月ほどは、たまにしか親分の家には来ませんでしたから」

忠次郎が自分の家でなく、深川元町代地の長屋に間借りしていた裏には何かあるはずだ。だが、目の前の二人はそのことを知ってはいなかった。

「じつはな、忠次郎は殺されたんだ」

伝次郎が教えてやると、二人は同時に驚いた。ほんとうですかと聞く。

「二日前のことだ。おれはその下手人を捜しているのだ。殺したやつに心あたりがあれば教えるんだ」

狐目はそういうことでしたかと、膝許《もと》に視線を落として顔をあげた。

「正直に言いますと、忠次郎の兄貴を恨んでいるやつがいました。いつかぶっ殺すと言っていたやつが……」

伝次郎は目を光らせた。

「ですが、そいつは鳥越一家に乗り込まれたときに殺されました」

「他にはいないか？」

狐目はその殺された子分しか知らないと言った。

五

二人を牢に戻すと、三人の男がやってきた。鳥越一家の子分たちだ。

「どういう了見《りょうけん》で、源森一家に乗り込んだ？　親分の虎蔵の指図があったからだろうが、乗り込んだのにはそれなりの理由《わけ》があったはずだ」

伝次郎は三人の気持ちをほぐすために、他愛ない話をしたあとで本題に入った。

三人は、虎蔵の子分のなかでは上のほうの者たちだった。

「賭場を荒らされたからですよ」

答えたのは三人のなかでは一番の年長者である嘉蔵《かぞう》という男だった。この男は一家の番頭役だった。狭い額に深いしわが二本走っている。

伝次郎はあとの二人にも聞いた。同じ答えが返ってきた。

「源森一家が賭場を荒らした。だから、乗り込んで斬った張ったの喧嘩騒ぎをやらかしたというわけか」

三人は黙り込む。

「だが、他の事情があったのではないか」

伝次郎は三人を凝視《ぎようし》する。

「どういうことでしょう？」

言葉を返してくるのは嘉蔵である。

「源森一家に殴り込んでくるのは嘉蔵である。

込むというのが納得できぬのだ」

「賭場を荒らされたのは一度だけじゃねえんです。二度も三度もやられりゃ、黙っちゃおれねえんです」

「ふむ、そういうことか」

素直に納得はできないが、伝次郎は話を変えることにした。

「ところで虎蔵の跡目と言われている男が二人いるな。ひとりは辰吉、もうひとりは清蔵」

こう言ったとき右端の男が目を動かしたのを、伝次郎は見逃さなかった。

「その二人がいまどこで何をしているか知らぬか？」

「清蔵さんは旅に出ているはずだ。辰吉さんはわからねえです」

答えたのは嘉蔵で、最後は視線をそらした。

伝次郎は変化を見せた右の男を凝視した。額の広い三白眼《さんぱくがん》だ。出入りのときに怪我をしたらしく右腕に晒《さらし》を巻いていた。

「清蔵はまだ旅からは戻ってきていないのだな？」

右の男を見て聞いた。

「だと思いやす」

「辰吉はどこにいるんだ？　源森一家には乗り込んでいないはずだ」

「あの晩はたまたま辰吉さんはいなかったんです」

「たまたま虎蔵の思いつきで、乗り込んだというのはおかしいな。出入りというのは、生きるか死ぬかの命を張ってのことだ。前もって決めてあったはずだ。そのことを辰吉が知らないというのは、納得できぬ。それとも辰吉はあの出入りには関わりたくなかったということか。もしそうなら、辰吉はどこにいる？」

右の男の目が泳いだ。それから年嵩の嘉蔵に救いを求めるような目を向けた。

「家にいるんでしょう」

嘉蔵はしらっとした顔で答える。

「家はどこだ？　言わなくても調べればわかることだが、教えてくれ。教えたからといって、辰吉に害が及ぶことはない。やつは出入りの一件には関わっていないのだからな」

嘉蔵はため息を漏らしてから、

「浅草新町《しんちょう》です。小さな一軒家ですよ。あとは旦那が調べてくださいな」

と、白状した。

「旅に出ているという清蔵だが、住まいはどこだ？」

「おれは知らねえです」

「旅に出る前に払ったと聞いてますよ」

それまで黙っていた左に座っている男だった。右の男がホッとしたような顔をした。

伝次郎は、こいつらは隠し事をしていると思った。だが、いまそれを問い詰めても答えはしないだろう。

「清蔵が旅に出る前に住んでいたのはどこだ？」

嘉蔵は左にいる男を見た。色の黒い馬面《うまづら》だ。

「前は猿若町《さるわかちょう》に住んでいましたよ」

馬面が低くくぐもった声で答えた。

「猿若町の何丁目だ？」

「三丁目です。家主は徳蔵《とくぞう》だったかな」

伝次郎はそのことを頭にたたき込んで、三人を眺めた。こいつらは口裏を合わせているると感じた。おそらく表に出せないなにかを隠しているからだ。入れられているのは皆二間牢《にけんろう》だから、事前に訊問《じんもん》に備えて打ち合わせをするのは容易だ。

「源森一家の忠次郎を知っているか？」

三人は何度か顔を合わせたことがあると言った。詳しいことは知らないとも。それが嘘なのかほんとうなのか、伝次郎には判断できなかった。

「じつは、その忠次郎が殺されたのだ」

三人はさほど驚かなかった。

「誰が殺ったんです？」

嘉蔵が聞いた。

「それを調べているのだ。ま、今日はこの辺にしておこう。また聞きに来ることがあるだろうが、おれに嘘を言っていたことがわかったら、おぬしらの罪は重くなる。そう心得ておけ」

伝次郎は軽い脅しをかけ、三人を牢に戻した。

その後、牢屋見廻り同心と会い口書《くちがき》の写しを見せてもらった。この同心は町奉行所の者で、囚獄《しゅうごく》と呼ばれる牢屋奉行石出帯刀《いしでたてわき》の支配下にある牢屋同心を監督指導している。

牢屋に入れられている鳥越一家と源森一家の子分らから証言を取ったのは、この牢屋見廻り同心である。

伝次郎は口書に目を通しただけで、そのまま牢屋敷を出た。

粂吉は与茂七と手分けして五郎七捜しをしていた。源森一家の親分・常三郎の家は、中之郷瓦町にあった。黒板塀で囲まれた一軒家で、木戸口の反対側は天祥寺の参道だった。

しかし、鳥越一家に乗り込まれて多数の死者と怪我人を出したその家には、誰も住んでいなかった。

筒井奉行から解散命令の触れも出ているので、生き残りの子分らも家には寄りついていないようだ。

さらに町の者は、忠次郎が殺されたと知ると、ほっと安堵の色を浮かべた。条吉に常三郎の子分のことを聞かれた者は、揃《そろ》ったように、

「あのおっかないやくざが、殺されたんですか……」

と、驚きながらも内心喜んでいるようだった。

忠次郎は人前だろうが町の通りだろうが、気に入らないことがあると、連れている子分を頭ごなしに怒鳴ったり、殴りつけたりしていたらしい。

町内に住む者はそんな現場を何度も見ているので、忠次郎の姿を見ると逃げるように家のなかに引っ込んだり、道の端に隠れるように避けたりしていたという。

しかし、肝心《かんじん》の五郎七の居場所がわからない。

源森一家の子分の多くは、常三郎の家の近くに住んでいたというのはわかったが、生き残りの子分にも行き会わない。

条吉が隣町の中之郷八軒町に入ったとき、与茂七が駆け寄ってきた。

「条さん、源森一家の子分だったという男の居所がわかりました」

「五郎七ではないんだな」

「違いますが、そいつは知っているかもしれません」

「どこにいるんだ？」

「横川町です。長屋住まいだと言いますが、行けばわかるはずです」

「会おう」

条吉は言うなり歩き出した。与茂七がついてくる。横川町というのは中之郷横川町のことで、大横川沿いにある町屋である。

「そいつは千吉《せんきち》と言うらしいんですが、元は千代丸《ちよまる》という相撲取りだったと言います」

「力士崩れか」

「あッ」

「どうした？」

与茂七は短く叫ぶと腹を押さえたあと、足踏みをしながら尻を押さえた。

「なんだ、どうした？」

「ちょいと厠《かわや》、厠に……も、漏れそうです」

与茂七はそう言うなり路地に駆け込み、ひょいと姿を消した。

「あいつ」

条吉は首を振ってあきれ顔をした。

しばらくすると、与茂七がすっきりした顔をして戻ってきた。

「大丈夫か？」

「どうも腹がしぶって……朝、生卵を飲んだのがいけなかったかな」

与茂七は腹をさすりながら歩く。

力士崩れの千吉は、半蔵《はんぞう》店という長屋に住んでいた。居間で丸太のような足を投げだし、団扇をあおいで座っていた千吉は、戸口にあらわれた条吉と与茂七に体を向けた。大きな体のわりには顔も、そのなかにある目も鼻も口も小さな男だった。剣呑《けんのん》さはないが、

「なんだ？」

と、問う声はドスが利いていた。

「南町の手先だ。ちょいと聞きてェことがある」

条吉が敷居をまたいで三和土《たたき》に立つと、千吉は小さな目を光らせた。

「なんでェ……」

「五郎七という男を知っているな。源森一家の子分だった男だ。どこにいるか知らねえか?」

条吉は普段とは違う口調で千吉を見る。相手に甘く見られないためには、高飛車《たかびしや》に出ることだ。その辺のことは心得ている。張り合ってくるなら、怒鳴りつける、あるいは落ち着いた顔で、ここで話ができなきゃ番屋にでも行くかと脅しをかける。たたけば埃《ほこり》の出る相手だから、そんなことで大概の者はおとなしくなる。

「五郎七さんなら家だろう」

「その家を教えてくれねえか。大事な話があるんだ」

千吉はあおいでいた団扇を止めて、短く視線を彷徨《さまよ》わせた。

「忠次郎の兄貴のことだな」

当然の顔をして言った。忠次郎が殺されたことを知っているのだ。

「そうだ。どうしても会わなきゃならねえ」

「小梅代地町に作右衛門店という長屋がある。延命寺の門前だ」

条吉はそのまま帰ってもよかったが、

「ところで忠次郎殺しの下手人だが、誰が殺ったか心あたりはねえか？」

と、問うた。

「おれにゃわからねえことだ」

「忠次郎が殺されたのはどうやって知った？」

「聞いたんだ」

「誰に？」

「孝造《こうぞう》だ」

そう言ったとたん、千吉はしまったという顔をして視線を外した。

「孝造にはどこへ行ったら会える」

「……わからねえ。一家は仕舞い納めしたから、みんなどこで何をしているか知らねえんだ」

「おまえは鳥越一家に乗り込まれたときにいなかったんだな」

「ここにいたよ。あとで、騒ぎがあったのを知らされたが、もうそんときゃ何もかも終わっていたんだ」

「忠次郎が殺されたことを、いつどこで孝造から教えてもらった？」

条吉は千吉を凝視する。

「この長屋の表通りでばったり会って、そんとき聞いたんだ」

嘘かもしれないが、孝造という男には会わなければならない。だが、いまごり押しして聞いても千吉は正直には言わないだろう。

「千吉、また来るかもしれねえが、邪魔をした」

条吉はそのまま千吉の家を出た。

「そろそろ旦那と会う刻限だな」

表通りに出て言うと、与茂七がまた尻を押さえている。

「条さん、また厠だ。まいった。ちょいとお待ちを……」

与茂七はそのまま千吉の長屋にあと戻りをして、厠に飛び込んだ。

六

伝次郎は源森橋そばの茶屋で冷や水を飲んでいた。待ち合わせをしている条吉と与茂七の姿はなかった。

蟬の声が沸き立っていて、茶屋の軒先に吊るされた風鈴が、ちりんちりんと思い出したように音を立てている。

朝に比べ日射しが強くなり、暑さがいや増していた。

伝次郎は牢屋敷で訊問した鳥越一家と源森一家の子分たちの話を反芻《はんすう》していた。

もっとも引っかかりを覚えるのは、鳥越一家の子分たちの証言だ。

旅に出ている清蔵のことを訊ねたとき、三人が口にしたことに信憑性《しんぴょうせい》を感じなかった。

(やつら、何か隠している)

これからの調べ次第だが、もう一度、あの三人に会う必要があるかもしれない。

「旦那」

ふいに声がかかって、そっちを見ると粂吉だった。後ろに与茂七がいるが、なんだか具合が悪そうな顔をしている。

「なにかわかったか?」

問われた粂吉は、千吉という男に会って、やり取りしたことを話した。

「五郎七の家は、おれも聞いている」

「それがさっき行ってきたんですが、越したあとでした。それも二日前です」

伝次郎はこめかみの皮膚を動かした。

「引っ越し先は？」

条吉はわからないと首を振り、

「千吉は忠次郎が殺されたことを知っていました。それは孝造という男から聞いたと言いましたが、そのときしくじったという顔をしたんです。あっしはもう少し問い詰めようと思いましたが、それはあとでいいと思いまして……」

「ふむ、よかろう。だが、おれも会って話を聞きたい。源森一家の他の生き残りには会わなかったのか？」

「そこまで調べが行きませんで……。で、旦那のほうは？」

条吉が真顔を向けてくる。伝次郎はちらりと与茂七を見た。いつになくおとなしい。しおらしく隣の床几《しょうぎ》に腰を下ろし、げんなりした顔をしている。

「源森一家の子分らから話を聞いたが、これといったものはなかった。だが、鳥越一家の子分たちはなにか隠し事をしている」

「隠し事……」

「鳥越一家の一の子分は、辰吉だった。そしてもうひとり清蔵という男がいた。辰吉は先の出入りのときにいなかった。清蔵は旅に出ていたらしい。だが、そのことについて嘘が感じられる。調べればわかることだが、嘘とわかったら厳しく問い詰める。よし、千吉に会おう」

伝次郎は差料《さしりょう》を引き寄せて立ちあがると、与茂七を見た。

「どうした元気がないな」

「へえ、ちょいと腹の具合が悪いんです」

「何度も厠に行ってます。腹を壊しているようです」

粂吉が言葉を添えた。

「生卵のせいではないか」

与茂七はそうかもしれませんと、やはり力ない声で言った。

「とにかく千吉に会う。粂吉、案内を」

伝次郎は粂吉をうながして歩いた。あとから与茂七がついてくる。

中之郷瓦町から中之郷八軒町に入ったところで、伝次郎は生薬《きぐすり》屋を見つけた。

「ちょっと待っていろ」

条吉と与茂七を店の前で待たせると、生薬屋で腹下しに効くという薬を買い求め、ついでに湯呑みに水をついでもらって表に戻った。

「与茂七、これを飲んでおけ。じきに効いてくるはずだ」

「へえ、すみません。なんでこの店に入るのかと思いました」

与茂七は薬を水で流し込んだ。

「湯呑みを返してこい」

伝次郎はそう言うと、条吉をうながした。しばらくして与茂七が追いかけてきた。

千吉の長屋に入ると、伝次郎は開け放されている戸口のそばに条吉と与茂七を待たせて、家のなかに声をかけた。

大の字になって寝そべっていた千吉が大きな体を起こして、小さな目を見開いた。

伝次郎は着流しだが、いかにも町方の雰囲気を身に纏《まと》っている。千吉はすぐに察したようで、表に立つ条吉を見やった。

「なんでェ、またかい」

面倒くさそうに言う千吉は、脇の下をぼりぼりかいた。

「南町の沢村と言う。おれの手先がさっき話を聞いたようだが、おれも聞きたいことがある。ただし、嘘や誤魔化しはならぬ。わかっているな」

伝次郎は鷹のような鋭い目で千吉を見据える。

「なんです？」

「五郎七は忠次郎とどういう間柄だ。兄貴分と弟分というのはわかっている」

「どういう間柄って、五郎七さんは、忠次郎の兄貴に可愛がってもらっていましたよ。飲みに行くときも遊びに行くときも、いつもつるんでました」

「そんな五郎七も、忠次郎に怒鳴られたり殴られたりしていた。そんなことはなかったか？」

「あっしは見てませんが、あったかもしれません。なにせ忠次郎の兄貴は気が短かったから……」

「五郎七が忠次郎を恨んでいたようなことはどうだ？」

「さあ、そりゃどうすかね……。人の腹んなかまではわかりませんから」

「おまえはどうだ？　忠次郎を殺そうと思ったことはないか？」

「あっしが……」

千吉は小さな目を見開いた。そんなことはないと手を振って否定した。

「そうかい。それじゃ忠次郎を恨んでいたような仲間はいなかったか？　忠次郎を殺してやりてえと思っていたやつがいたというのは知っている」

「ほんとですか」

「どうだ？」

伝次郎は千吉を見据える。

「いや、あっしはそんなやつのことは知りませんよ。あっしはわりと忠次郎の兄貴には目をかけてもらった口なんで」

「忠次郎は鳥越一家が乗り込んできたときにはいなかった。そして、一月ほど自分の家じゃない長屋に住んでいた。それはどういうことだ？」

「どういうことって、そんなこたァわかりませんよ」

嘘を言っている顔ではなかった。

「鳥越一家が乗り込む前のことだが、あまり常三郎の家には出入りしていなかったらしいな。そのことは知っているな」

「……そういや、あまり見ませんでしたね」

千吉は小さな目をしばたたいた。

伝次郎は忠次郎が裏店に住んでいたことが解《げ》せない。それも一月ほどだ。その裏には何かあるとにらんでいるが、目の前の大男は何も知らないようだ。質問を変えることにした。

「忠次郎の遺体は五郎七が運んでいるのがわかっているが、手伝った二人の男がいた。その二人が誰だかわかるか?」

「いや、あっしは……」

わからないと千吉は首をかしげる。

「孝造という男から、おまえは忠次郎の死を聞いたらしいが、孝造にはどこへ行ったら会える?」

千吉は伝次郎の視線を外して逡巡《しゅんじゅん》した。

「おまえから聞いたとは言わぬ。教えるんだ」

伝次郎は詰め寄るように居間の縁に腰を下ろした。そのまま千吉をにらみ据える。教えろともう一度言うと、千吉は短く躊躇《ためら》ってから口を開いた。

「孝造は八軒町で小さな八百屋をやっています。女房まかせですが、一家がああなってからは堅気商売をしているようです」

八百屋の名は「八百源《やおげん》」と付け加えた。

「忠次郎の遺体をそいつが運んだのか？」

「そんなことを言っていました」

「もうひとりいたはずだ。そいつの名は？」

千吉はそれはわからないと、まっすぐ伝次郎を見た。

ぴしッと、伝次郎は腕に止まった蚊を叩き潰してから、

「邪魔をした」

と言って、表に出て、

「孝造に会う」

と、粂吉と与茂七をうながした。

七

孝造が女房まかせにしているという八百源は、すぐに見つかった。常三郎の家からほどないところにある目立たない小さな店だった。

孝造のことを女房に訊ねると、朝早く出て行ったきり帰ってこないと言う。

「どこへ行っているんだ?」

「商売熱心にも小梅村に野菜の出来を見に行ってるんです。で、うちの亭主がなにか?」

そばかすだらけの色の黒い女房は、固い表情を伝次郎に向けた。

「聞きたいことがあるだけだ。ところで、源森一家の忠次郎という男が死んだのは知っているな」

女房は鬢のほつれをいじってうなずいた。

「その忠次郎の遺体をおまえさんの亭主が引き取っているんだが、他に手伝ったやつがいる。誰だかわかるか?」

「それなら七佐《しちざ》さんでしょ。そんなことを言っていました。遺体は常泉寺《じょうせんじ》の墓地に埋めたとも言っていました」

常泉寺は源森川の北にある寺だ。

「七佐の家はわかるか?」

女房は知らないと答えた。伝次郎は商売の邪魔をしたと言って、そのまま八百源を離れた。

「つぎはどこへ？」

与茂七が聞いてきた。渋り腹は少し治まったようだ。

「忠次郎の家だ」

伝次郎は先を急ぐようにすたすたと歩く。歩くだけで汗が噴き出す。背中にはすでに汗染みができていた。

業平橋をわたり須崎村に入ると、茶屋に立ち寄って忠次郎の家を聞いた。

茶屋の女は顔見知りだったらしく、店から少し離れたところまで行って、あそこに見える家がそうだと指さした。

四、五本の杉が立っている横に小さな一軒家があった。百姓家《ひゃくしょうや》にしか見えないが、あれがそうだと言った。

礼を言って、その家に行った。戸は閉まっておらず、すぐに開いた。雨戸が閉め切られているので、家のなかは薄暗かった。土間に入るとむっとした空気が顔を包んだ。

雨戸を開けて家のなかを見ていったが、これといって気に留まるものはなかった。

「なぜ、この家があるのに、忠次郎は長屋に住んでいたのだ……」

伝次郎は疑問をつぶやいた。

条吉と与茂七が首をかしげる。

「よし、ここはいい。五郎七を捜そう」

家を出ると、また業平橋をわたった。

五郎七が二日前まで住んでいた長屋に行ったが、誰も家移《やうつ》りした先を知らなかった。大家を訪ねて聞いてもわからないと言う。

「二日前……」

伝次郎はつぶやいて黄昏《たそが》れはじめている空を見た。

(忠次郎が殺されたのも二日前だ)

内心でつぶやいてから条吉に顔を戻した。

「五郎七は忠次郎の遺体を引き取り、家を払って行方をくらました。その五郎七は忠次郎の面倒を見ていた男だ。忠次郎が借りていた深川元町代地の長屋にも、五郎七は出入りしている」

「孝造だったら何か知っているかもしれませんね」

条吉が言うのへ、伝次郎はうむとうなずいた。

「あっ!」

突然、与茂七が叫んだ。伝次郎と条吉は同時に与茂七を見た。

「どうした?」

「ああ、またです。旦那、厠に行ってきます」

与茂七は両手で尻を押さえて、「漏れる、漏れそうだ」と慌てながら、近くにある茶屋に飛び込み、すぐに出てきて裏にまわった。

伝次郎はあきれたように首を振り、条吉と顔を見合わせて苦笑した。

与茂七が厠から戻ってくると、孝造に会うために八百源の近くにある茶屋で待ったが、日が暮れかかっても帰ってくる様子がなかった。

「孝造も行方をくらましていたらどうします?」

条吉が顔を向けてきた。

日が落ちそうになっているので、その顔は日陰で黒くなっていた。

「女房が店をやっているのだ。いずれ帰ってくるだろう」

「それじゃ、待ちますか」

「うむ、会って話を聞きたい」

伝次郎は茶屋に居座ることにした。

「旦那、もう大丈夫です」

与茂七が腹をさすりながら顔を向けてきた。

「油断はならぬぞ。薬が効けばいいが……」

「やっぱあの卵がいけなかったんですね」

与茂七は情けない顔をしてつぶやく。

西の空がきれいな茜色に染まり、鳥の群れが空をわたっていった。孝造の女房は店の片付けをはじめていた。

家路を急ぐ職人や買い物に出かける長屋の女房が見られる。棒を持って遊んでいた子供たちはいつしか姿を消していた。

孝造らしき男が通りに姿を見せたのは、夕靄《ゆうもや》が漂いはじめた頃だった。

「やつでは……」

伝次郎は目を光らせた。

待つ間に孝造の人相風体を女房から聞いていたので、そうではないかと思った。

小柄で太っていてまるい顔。出かけたときには矢絣《やがすり》の着流しだったという。

あらわれた男は女房が話したとおりの身なりに背恰好だ。伝次郎が床几から立ちあがると、近づいてくる男の前に立った。

「八百源の孝造か？」

驚き顔で立ち止まった男は、一瞬目を険しくした。伝次郎と、その背後にいる粂吉と与茂七をちらりと見た。

「なんです？」

「南町の沢村と言う。殺された忠次郎のことで聞きたいことがある」

伝次郎はそう言って一歩、孝造に近づいた。そのとたんだった。孝造が身を翻《ひるがえ》して逃げたのだ。

「待て！」

第四章　消えたやくざ

一

千草は六つ（午後六時）前に暖簾を掛け、日が落ちると掛行灯に火を点《とも》した。普段なら客が来てもいい刻限なのに、その日は客足が鈍かった。

開店後しばらくして近所のご隠居がやってきたが、ちびちびと二合の酒を飲んで帰っただけで、その後はぱったりである。

「閑古鳥《かんこどり》か……ま、そんな日もあるわよね」

独《ひと》り言《ごと》を漏らして、小上がりの縁に腰を下ろした。

客間の柱に一輪挿《ざ》しを飾っている。投げ入れているのは白い木槿《むくげ》だった。行灯のあかりにその花が浮かび、壁に影を作っていた。

「おう、暇そうだな」

ふいの声に戸口を見ると、暖簾をかきあげたまま千草を見てきた男がいた。

「いらっしゃ……」

言葉を切ったのは、昨日この店で問題を起こした新左という男だったからだ。

「なんだい、しけた面して。客が来たんだぜ」

新左は店に入ってきた。もうひとり連れがいた。新左と同じように、決して柄がいいとは言えない男だ。

「どうぞおかけください」

「酒をもらおう。冷やでいいぜ。それからなんでもいいから、ちょいとつまむものをくれ」

千草は板場に入って二合徳利に酒を入れ、二人のもとに運んでいった。

「烏賊《いか》の塩辛ですけど、いいかしら」

酒といっしょに小鉢を差し出した。

「なんでもいいさ。ま、やろうじゃねえか」

新左は連れの男に酒を勧めて飲みはじめた。

二人は低声《こごえ》でなにやら話をしていたが、連れの男の名前は百蔵《ももぞう》と言うらしい。

千草は手持ち無沙汰に板場に立っていたが、二人の話し声がときどき耳に入った。喧嘩がどうのこうのと物騒《ぶっそう》な話をしていた。

他の客がいないときでよかったと思いながら、開け放している戸口を見る。暖簾越しに人の往来が見えるが、そう数は多くない。もう表は薄暗くなっていた。

「おい女将、酒だ。それから他に食いもんを頼む。何でもいいから持ってきな」

新左が乱暴な言葉をかけてきた。客だから我慢するしかない。千草は先に酒を運んで、南瓜《かぼちゃ》と茄子《なす》の煮物、それからタコの煮物を持っていった。二つの器には湯がいた青いサヤエンドウを添えているので見栄えがよかった。

新左も感心したらしく、うまそうだなと言って口をつけ、こりゃあいけると満足そうな顔をした。

再び二人は低声で話をはじめたが、酔ってきたのかだんだん声が大きくなった。

「それじゃ、おれが話をつけてみるか。おめえが困ってるんじゃ放っておけねえからな」

「頼まれてくれるか」

百蔵という男は口数が少なかった。もともと寡黙《かもく》な男のようだ。

「それにしても、源森一家もひでえことしやがる」

新左は酒で濡れた唇を指先で払うように拭い、言葉をついだ。

「それで清蔵の兄貴はどこにいるんだ？」

「それがわからねえんだ。あの人がいりゃ頼るんだが……」

「おりゃあ、あまり好きじゃねえな」

「そりゃあおめえが破門されたからだろう」

「ふん。たいしたことじゃねえのに、細けえことを言うからケツまくってやったんだ。だがよ、それでよかったよ。あのままいりゃ、おれも殺されていたかもしれねえし、おめえみたいに行き場を失ってたかもな」

「そうかもしれねえが……とにかく話をしてくれるかい」

百蔵は新左に頭を下げる。

「まかしとけ。今夜はおれが奢《おご》ってやるから飲もうじゃねえか」

新左は気前のいいことを言って、また酒を注文した。千草は新たに二合の酒を運んでいった。

「おい女将、おめえも一杯やらねえか」

千草は勧められたが、

「わたしは下戸《げこ》なんです。お気持ちだけいただいておきます」

と、断った。ほんとうは酒は強いほうだ。

「けっ、酒を出す店をやってて、酒が飲めねえのか。だけどあれだな、よく見りゃ、あんたなかなかいい女だな。おい、百蔵、この女将の亭主は町方なんだ」

「へえ、そうかい」

百蔵は板場のそばに立っている千草をあらためて見てきた。千草は小さく頷き視線を外した。

「しょうもねえ町方さ、女房に仕事させてんだからな。稼ぎが悪いんだろう」

くくくっと、新左は馬鹿にしたような笑いを漏らした。

そのとき、新しい客が入ってきた。新左と百蔵を見ると、避けるように小上がりに腰を下ろした。元助《げんすけ》という大工で、同じ大工仲間と飲むことが多い。

「今日はひとり？」

元助はあとで来るだろうと答え、ちらりと新左を見た。気になっているようだ。

新左は酔ってきたのか、だんだん声が大きくなっていた。

「おい若《わけ》えのいっしょに飲まねえか」

と、元助に声をかけたのはすぐだった。

「いえ、仲間が来るんで遠慮しときます」

元助が断ると、新左の形相《ぎょうそう》が変わった。

「生意気なこと言いやがる。奢《おご》ってやるからこっち来ていっしょにやろうじゃねえか。なにも取って食おうってんじゃねえんだ。おい、若造、こっち来い」

元助は気に障ったらしく、

「若造は勘弁してもらいてえな」

と、言葉を返した。

「なんだと。おい、もいっぺん言ってみやがれ」

新左が目くじらを立てて元助をにらんだ。

「年はあんたと変わらねえだろう。ひょっとすると、おれのほうが上かもしれねえ。若造呼ばわりされたかァねえな」

元助も気の荒い職人だから負けていない。千草は心配になった。

と、新左がすっと立ちあがって片腕をまくった。

「おい、おれを誰だと思ってやがる!」

新左は目を血走らせて怒鳴った。

千草は板場を飛び出すと、さっと新左の前に立った。

「いい加減におし! ひとりで飲みたいと言っているんだから、かまうことはないでしょう」

「うるせえ! おめえに話してんじゃねえ。どけッ」

千草は肩を押された。こうなると黙ってはおれない。

「あんた、昨日もうちの店に迷惑をかけたわね。来るたんびに迷惑をかけるつもりかい! そういう了見《りょうけん》なら黙っちゃいないよ」

千草は柳眉《りゅうび》を吊りあげ、目に力を入れて新左をにらんだ。普段は慎《つつし》み深い女だが、江戸っ子特有の姐《あね》ご肌を持ち合わせている。

「どう黙っちゃいないってんだ。おい、嘗《な》めんじゃねえぞ!」

「喧嘩しに来る客はいらないと言ってんだよ。もっときれいな酒を飲めないのかい」

千草はぐいっと体を前に出した。

「おい新左、やめろ。落ち着け。座りなよ」

連れの百蔵が立ちあがって、新左を宥《なだ》め床几に座らせた。

「おめえの短気は直ってねえな。いいじゃねえか、ひとりで飲みたいってやつを無理に誘うことはねえだろう。さ、やろう」

百蔵が取りなして新左はおとなしくなったが、気まずい空気が漂っていた。

そこへ、元助の仲間のひとりがやってきた。剽軽《ひょうきん》に挨拶をして、元助のそばに座ったとき、

「おい、威勢のいい女将、勘定だ」

と、新左が声をかけてきた。

二

伝次郎たちはやっと逃げた孝造の居場所を捜しあてたところだった。

そこは殺された忠次郎が住んでいた家だった。

「孝造、なぜ逃げる？　おれたちは話を聞きたいだけだ。開けてくれぬか」

返事はない。

伝次郎はなぜ孝造が逃げるのかわからない。だが、ひょっとすると、という考えも浮かんだ。

忠次郎を殺したのが孝造だからである。しかも、その忠次郎の家に逃げ込んだのだ。

「旦那、裏は大丈夫です」

粂吉が家の裏からやってきて低声で告げた。

「よし、裏を固めて逃げられぬようにしろ」

伝次郎も低声で応じ、粂吉が裏にまわったのを見届け、思い切り戸口を蹴り倒した。バリーンと大きな音が家のなかにこだました。

伝次郎は土間に入ると、

「孝造、どこだ？　出てこい」

家のなかはまっ暗だ。だが、孝造がいるのはわかっている。伝次郎はゆっくり座敷にあがった。大きな家ではない。座敷の奥は寝間になっていた。

すでに夜の帳《とばり》は下りているが、雨戸の隙間から夜あかりが射し込んでいる。闇に目が慣れ、ぼんやりと屋内が見えるようになった。

「孝造、隠れていないで、出てこい」

寝間から隣の座敷に移った。そのとき、黒い影が動いた。

ハッとなってそっちを見ると、孝造が得物を振りかざして襲いかかってきた。

伝次郎はすっと腰を落とすなり孝造の片腕をつかみ、腰に乗せて投げ飛ばした。

ガシャーンと大きな音を立て、孝造は障子ごと倒れたが、すぐに立ちあがり、雨戸に体あたりをして表に飛び出した。

「与茂七、そっちだ!」

条吉の声がした。

伝次郎が表に出ると、与茂七と条吉が孝造を押さえつけたところだった。

「世話をかけるやつだ」

伝次郎はそばに行って、立たせろと、条吉に命じた。

与茂七が孝造の両腕を後ろに捻りあげていた。

「なぜ、逃げた？」

伝次郎はそう言ったあとですぐに、

「まっ、いい。話は番屋で聞こう」

と、うながした。

捕えられた孝造は観念したのかおとなしくなっていた。

伝次郎は孝造を小梅代地町の自身番に押し入れると、詰めている書役や番人に席を空けてもらい、居間で向かい合った。粂吉と与茂七が逃げ道を塞《ふさ》ぐように土間に立っていた。

「おまえはさっき逃げたが、逃げるにはそれなりのわけがあるはずだ。何だ？」

伝次郎はうなだれている孝造に問う。小太りのまるい顔は悪人には見えない。

「わからねえ。なんだか捕まえられると思って……」

「やましいことをしているからそう思うのではないか……。ま、それはいいとして忠次郎が殺された晩、どこにいた？　下を向いてねえで、おれを見るんだ」

伝次郎は伝法な口調に変えた。

「どこって家にいましたよ」

伝次郎は粂吉を見て、女房に聞いてこいと目配せした。すぐに粂吉が出ていった。

「嘘じゃねえだろうな。嘘だとわかりゃ、おめえの首は……」

伝次郎は手刀で孝造の首を斬るように動かした。

「嘘じゃねえです」

孝造はうつむく。伝次郎はその様子を眺めて、この男が下手人なら、これで一件落着だと期待した。だが、それは粂吉が戻ってくるまでわからない。

「忠次郎の死体を運んだな。それは五郎七の指図だった」

「へえ」

「もうひとり七佐という助がいて、常泉寺に埋めた」

「へえ」

「それにしても、常泉寺がよく許してくれたな」

「そりゃあ埋めてくれなきゃ、死体をここに置いて帰ると言ったんです。坊主はそれは困ると言って渋々許してくれました。この暑さですから、死体はすぐ腐っちまいますからね。それで、汗だくになって埋めました」

「五郎七もいたんだな」

「いました」

「やつはどこにいる？　居場所を知っているか？」

孝造は首を横に振った。

「なぜ、知らねえ。おめえは五郎七の子分で指図を受けたはずだ」

「わからねえんです」

伝次郎は短く嘆息してから、番人に茶を淹れてくれと頼んだ。粂吉はまだ戻ってこない。

「忠次郎を殺したやつに心あたりはないか？」

「ありません」

「おまえは忠次郎をどう思っていた？」

伝次郎は孝造を凝視する。

「どうって、まあ怖い兄貴分でしたよ。ですが、頼り甲斐のある人でした」

「怒鳴られたり殴られたことはないのか？」

「何度かありますが、そりゃああっしが悪いからでした」

「忠次郎を快く思っていなかった子分がいたのではないか。そんな話がおれの耳に聞こえているんだ。殺してやりたいと思っていたやつがいたと……」

「そりゃあ……」

孝造は首を捻って、わからないと言った。

「五郎七の仕業だったというのはどうだ？」

孝造は驚いたように顔をあげた。

「そりゃあねえです。五郎七さんは忠次郎の兄貴に可愛がられていたんで、そんなことするわけがない」

「おまえは忠次郎と五郎七の間柄に詳しいのか？」

「詳しいってほどじゃありませんが、あの二人はいつもつるんでいましたから」

つるんでいたとしても兄貴分と弟分の関係だったはずだ。忠次郎は乱暴で横柄《おうへい》な男だった。五郎七を手なずけていたとしても、それは忠次郎の勝手な思い込みで、そのじつ、五郎七に恨まれていたかもしれない。世の中にはそんなことがよくある。

伝次郎は番人が淹れてくれた茶をゆっくり味わうように飲んだ。

表で夜蟬が鳴いている。

「もう一度聞く。五郎七の居場所を知っているなら教えるんだ」

「だから知らないと言ってるでしょう」

孝造は苛《いら》ついたように言った。そのとき、粂吉が戻ってきた。

伝次郎がどうだったという顔を向けると、

「孝造はあの晩、家にいました。女房だけじゃなく、隣の店の亭主を呼んで酒を飲んでいたらしいです。その亭主にも聞いてきました」

と、粂吉が答えた。

孝造は下手人ではなかった。

三

伝次郎が自宅に帰って間もなく、千草も帰ってきた。

「お帰り。遅かったな」

伝次郎は居間にやってきた千草を見た。不機嫌そうな顔をしているが、

「夕餉《ゆうげ》はいかがされました？」

と、聞いてきた。

「与茂七たちと食べてきた」

そこへ奥から与茂七がやってきて、千草の仕事の労をねぎらった。

「あなたも大変でしょう。お疲れじゃないの？」

「いえ、おれはちっとも。でも、今日は厠通いが大変でしたけど」

伝次郎が苦笑いをすると、千草が怪訝《けげん》そうに首をかしげた。

「朝、出がけに生卵飲んだのがいけなかったみたいです」

「あらあら、やっぱり。わたしが捨てないであそこに置いていたのが悪かったのね」

「いえ、おれが卑《いや》しいからです。でも、旦那がやさしいんです」

千草はどういうこと、と目をしばたたく。

「おいらが腹を下しているのを見かねて薬を買ってくれたんです。おいら、厠に座って胸が熱くなりました」

言った矢先、与茂七は目をうるませた。そそっかしいところはあるが、情にもろい男なのだ。

「で、いまは大丈夫なの？」

「おかげ様で……」

「それはよかったわ。なにか作りましょうか？」

千草は酒を飲んでいる伝次郎に聞いた。

「軽いものがあれば、ありがたい」

千草は袖をまくりあげて台所に立った。浅く漬かっている胡瓜《きゅうり》でいいかと聞くので、伝次郎はそれでいいと答えた。

「今日は厄日《やくび》でしたわ。客の入りが遅いと思ったら、昨日面倒を起こしてくれた与《よ》太者《たもの》が来て、帰ってくれたと思ったら、仲良く飲んでいた大工たちが言い争いをはじめて、取りなすのに往生しました。その大工たちが帰ったら、今度はひどい酔っ払いが来て、ぶつぶつと愚痴をこぼしはじめ、挙げ句そのまま寝てしまったんです」

千草はてきぱき動きながらその日のことを話した。

「その酔っ払いは勘定を払っていったんですか？」

与茂七が聞いた。

「お勘定はちゃんと払ってくれたからよかったけど、疲れました。まだ漬かりが浅すぎるかもしれませんが……」

千草は手際よく切った胡瓜の浅漬けを、伝次郎の膝許にある折敷《おしき》に置いた。

「与太者というのは、粂吉が追い払った男か?」

「そうです、桶町の新左というやくざですよ。いやな男です」

「商売も人が相手だから大変であるな」

「今日は連れがあったんです。その連れの客もやくざっぽい男で、こそこそとなにに一家がどうのと物騒な話をしてましたわ。わたしもいただこうかしら。厄払いです」

千草はすっと立ちあがって、自分の猪口《ちょこ》を取りに行った。

「なになに一家ってェのはなんです?」

与茂七が聞いた。

「盗み聞きしたわけじゃないけど、新左は連れの男の一家にいたらしいけど、破門されたみたい。でも連れの男はその一家が潰れたので、新左を頼って親分の盃をもらいたいみたいなことを話していたわ。あー、やっぱり家で飲むと落ち着くわ」

千草は手酌した酒を飲んでホッとした顔をした。

「潰れた一家って、ひょっとして源森一家、もしくは鳥越一家じゃないですか？」

「さあ、どうかしら。すべて聞いたわけではないから。でも、清蔵の兄貴がどうの、居所がわからないなどと、関わりたくない話をしていた」

そばで聞いている伝次郎も、ひょっとすると鳥越一家の清蔵かもしれないと思った。

「話をしていたのは新左なのだな」

伝次郎が真顔を向けると、千草はそうだとうなずいた。

「もうひとりは百蔵という名でしたが……なにか……」

「うむ」

短くうなった伝次郎は、与茂七と目を合わせた。

新左は元は鳥越一家にいたのかもしれない。いや、いたと考えていい。そして破門され、桶町一家の世話になっている。

その新左を百蔵という男が頼ってきたとすれば、百蔵も鳥越一家の子分だったのかもしれない。

伝次郎は清蔵という男に会って話を聞きたいと考えている。

(桶町の新左か……やつから話を聞くべきか)

伝次郎は猪口を口に運びながら考えた。

「それで、お役目のほうはどうなのです?」

「調べははじめたばかりです。すぐに片づくようなことじゃありませんよ」

訳知り顔で言う与茂七は胡瓜をつまんで、ぽりっと噛む。

「早く片づけられればいいですわね」

千草はそう言ったあとで、もう少し酒をつけるかと伝次郎に聞いた。

「いや、もう結構だ。明日も早い。これぐらいにしておこう」

伝次郎は酒を飲みほして猪口を伏せた。

「明日は何刻頃お出かけになります?」

「五つ(午前八時)前には出るつもりだ」

「ではその前に朝餉の支度をします。与茂七、生卵には気をつけなさい」

言われた与茂七はぺろっと舌を出した。

四

ギッシギッシと櫓《ろ》が軋《きし》む。

朝の光が大川をきらめかせている。海が引き潮なので、水嵩が減っていた。大橋をくぐり抜けた伝次郎の猪牙舟は、百本杭《ひゃっぽんぐい》を横目に見ながら流れに逆らって上っていく。

水量が増していると、澪《みお》は見分けにくいが、今朝は容易だった。澪は抉られたり、長い年月を経て深くなったりしている。そして一定ではない。

伝次郎の船頭の師匠である嘉兵衛は言った。

――川ってやつァ生き物だ。そのときどきで顔を変える。よくよく注意して見分けるんだ。

そのとおりであった。

洪水のあとなどは、澪筋が変わるのだ。澪はおおむね筋状になっているから澪筋と呼ぶ。そして、舟はその澪筋を選ぶのが常道だ。

もっとも、喫水《きっすい》の浅い舟は関係ないが、それでも澪筋を見極めるのは大事だった。荷舟が急な坂道を上る牛のような鈍さで上流を目指していた。伝次郎はその舟を追い越して、確実に前へ進んでいた。

吾妻橋をくぐると、その先に小さな中洲があらわれる。引き潮のときにだけ姿を見せる砂地である。そこにアジサシが群れていた。

伝次郎は猪牙舟を今戸《いまど》橋のそばにつける。与茂七が先に飛び下り、舫いを雁木《がんぎ》の杭に繋ぐ。もう手慣れたものだ。

「粂吉、鳥越一家の場所はわかっているな？」

伝次郎は岸にあがって聞いた。

「わかっています」

粂吉はそのまま案内に立った。

源森一家の五郎七の行方はわからずじまいだが、鳥越一家のことも調べておかなければならなかった。

それに、鳥越一家の跡目と目されていた辰吉と清蔵という子分の所在がはっきりしない。

虎蔵の家は待乳山《まつちやま》の西麓に近い、浅草聖天町にあった。六十坪ほどの敷地を持つ一軒家で、家のまわりには篠竹《しのだけ》で編んだ塀《へい》がめぐらしてあった。

戸口も雨戸も閉め切られている。筒井奉行の触れで出入り禁止になっているからだ。

だが、生き残りの子分がこっそり住んでいたり、出入りしている可能性もある。伝次郎はまずそのことをたしかめた。

表戸にはしっかり猿《さる》がかけてありビクともしなかったが、裏の勝手口は不用心にもすぐ開いた。入ったところはすぐ台所で、竈《かまど》と流しがある。伝次郎は家の奥に目を光らせて声をかけた。

「誰かいるか？」

返事はない。物音もしない。

そのまま土間を進んでゆく。耳を澄まし薄暗い屋内に目を光らせるが、人のいる気配はなかった。

チッチチッチッという鳴き声が聞こえる。軒先に巣を作っている燕《つばめ》の声だった。

「出入りはしていないようだな」

伝次郎は条吉と与茂七を振り返ってつぶやくと表に出た。

「生き残りの子分を捜さなければならぬが……」

伝次郎は聖天町の表通りへ歩きながら思案をめぐらす。

「牢屋敷でそのことは聞かれなかったんで……」

条吉が顔を向けてきた。

伝次郎は牢屋敷で会った男たちの顔を思い出した。

「聞いてもわからないと言うだけだろう。知っていても言うタマではなかった」

「それじゃ、聞き込みするしかないですね。なに、町を与太っているやくざですから、知っている者がいるはずですよ」

与茂七が気楽なことを言う。

「与茂七、おまえはそうしてくれ。条吉、おまえはついてこい」

伝次郎は近くにある茶屋を見て、半刻《はんとき》（約一時間）後に、そこの茶屋で落ち合おうと言って、与茂七とその場で別れた。

「どこへ行かれるんで……」

条吉が聞いてくる。

「清蔵と辰吉の家だ」

「虎蔵の跡目になると言われていたやつらですね」

「その二人は源森一家には乗り込んでいない。どこでなにをしているのか、それもわからぬ。だが、二人の家は聞いてある」

伝次郎は牢屋敷で聞いたことを口にした。

清蔵は猿若町三丁目の徳蔵店、辰吉は浅草新町の一軒家だ。

「だが、清蔵は旅に出ているらしい。戻っているかどうかわからぬが……」

伝次郎はぎらぎらと照りつける夏の太陽を見あげ、目を細めた。

まず、清蔵の住まいがあるという猿若町に足を運んだ。自身番で徳蔵店を聞くと、すぐにわかった。小間物屋《こまもの》と線香蠟燭《ろうそく》問屋の脇を入ったところだった。

だが、井戸端で洗い物をしていた女房に訊ねると、

「清蔵さんでしたら、とっくの昔に家移りしていますよ」

と、言う。

「とっくの昔っていつのことだ?」

「はあ、もう三年も前かしら。感じのいい人だったので、まさかあの人がやくざだ

とは思いもしなかったんですけど、なにかあったんですか?」

女房は興味津々の目になった。

「どこに家移りしたか知っているか?」

伝次郎は女房の問いには答えずに聞いた。

「さあ、それは……」

誰か知っている者はいないかと聞いたが、わからないと言う。

しかたないので徳蔵という大家を訪ねてみたが、人別帳《にんべつちょう》には記載されていなかった。新たに入ってくる住人のことは几帳面《きちょうめん》に記すが、出て行く者のことはあまり書かない。いずれ町名主に届けるものであっても、ほとんどの大家がそうだ。

鳥越一家の子分のことを聞いても、徳蔵はよく知らないと言う。

「嘘をつきやがったな」

徳蔵の家をあとにするなり、伝次郎は牢屋敷で会った虎蔵の子分の顔を思い出した。伝次郎は牢屋敷で聞いたことを粂吉に伝えた。

「知られちゃまずいことでもあるから、そう言ったんでしょうかね」

「わからぬ。たまたま知らなかったということかもしれぬが……」

伝次郎はそうつぶやきながらも、そんなことはないはずだと内心で否定する。

そのまま二人は山谷堀《さんやぼり》に架かる新鳥越橋をわたって浅草新町に入った。

だが、どこに辰吉の家があるかわからない。粂吉が気を利かして自身番に走り、辰吉の家を聞きに行き、すぐに戻ってきた。

「旦那、妙です」

「妙というのは……」

「家は払われたらしいんです」

伝次郎は眉宇をひそめた。

「いつのことだ？」

「十日ほど前だったらしいです」

伝次郎は十日ほど前と言えば、鳥越一家が源森一家に乗り込んだ日ではないかと考えて粂吉に問うた。

「引っ越し先はわかっているのか？」

粂吉は首を横に振った。

「辰吉が住んでいた家はわかるんだな」

粂吉はぬかりなくその家を聞いていた。

家は遍照寺《へんじょうじ》のすぐそばにあった。小さな家だが、すでに人が住んでいた。試しに辰吉のことを聞いたが、まったく知らないと目をしばたたく。

隣近所で聞き込みをすると、やはり十日ほど前に家は払われたと言う。

「十人ぐらいの男がやってきて、あっという間に片づけちまったんです」

教えてくれたのは行灯を作っている職人だった。辰吉の引っ越し先を聞いたが、やはりわからないと言う。

「片づけに来た男たちのことをなにか知らないか？　もしくは知っている者がいたとか、さようなことはどうだ？」

職人は「さあ」と、首を捻って短く考えたが、そんな男はいなかったと言う。

「なにせ、大八車でやって来て、さっさと片づけて行っちまいましたからね」

伝次郎は内心でため息をついた。辰吉の引っ越し先を知るには、虎蔵の元子分たちに会うしかない。

「旦那、どうします？」

あてが外れて苦渋の色を浮かべる伝次郎に、粂吉が顔を向けてくる。

「どうにも納得がゆかぬ。虎蔵は子分を引き連れて、源森一家に乗り込んだ。一家の親分自らだ。だが、そこに一の子分だった二人がいなかった。喧嘩出入りは命を張る。それなのに……」

伝次郎は柿の木に張りついて元気よく鳴いている蟬を凝視し、

(もう一度、牢屋敷に行くか……)

と、胸中でつぶやいてから、

「与茂七に会おう」

と言って、足を速めた。

五

小半刻後、伝次郎と粂吉は与茂七と合流した。

「虎蔵の子分がひとりだけわかりました」

与茂七は町の岡っ引きから聞いたと言った。

「伊兵衛《いへえ》という男で、普段は水売りをしているらしいんです。それで捜しているんですが、まだ出くわしませんで……」

「そやつの人相風体はわかるのか？」

「あッ……」

与茂七は聞いていなかったらしく、しくじったという顔をした。

「与茂七、その伊兵衛のことを教えてくれた親分はどこにいる？」

粂吉が聞いた。「親分」とは岡っ引きの俗称だ。

「この辺を流し歩いているはずです」

「旦那、親分に伊兵衛捜しを手伝ってもらったほうが手間が省けるんじゃ……」

伝次郎はそうしようと応じた。

岡っ引きを見つけたのはすぐだった。聖天町と山之宿町《やまのしゅくまち》の境にある茶屋でのんびり冷や水を飲んでいた。

「伊兵衛のことですか？　顔ならすぐわかりますよ」

伝次郎の問いに岡っ引きは剽軽な顔で答えた。竹吉《たけきち》という小柄な男だった。

「いっしょに捜してもらいたいのだ」

「お安いご用です。しかし、なんでまた伊兵衛のことを。あいつは三下《さんした》ですぜ」

「すると、他の子分も知っているんだな？」

「知っていますが、みんな殺されちまったと言うじゃありませんか。この前、本所の一家と喧嘩出入りの最中に……」

竹吉は鳥越一家と源森一家の騒動を知っていた。噂はとうに広まっているのだろう。

「清蔵と辰吉という子分も知っているか？」

「話はしたことありませんが、顔だけなら知っています。ここんとこ会わないんで、ひょっとしてあの二人も殺されちまったんですかね。それにしても虎蔵親分は、やくざ渡世をしている人にしてはいい人でした。あっしの顔を見ると、自分がほんものの親分のくせにあっしに、『親分、景気はどうかい』と、声をかけてくれ、ときに小遣いまでもらいましてねえ。怒ると怖いんでしょうが、あっしにとっちゃいい人でした」

竹吉はおしゃべりだ。

「一家は解散しているが、清蔵と辰吉がどこでなにをしているか、どこに住んでいるかを知りたいのだが、わからぬか？」

「それはわからねえですよ。伊兵衛だったらわかるかもしれませんが……」

竹吉はそう言ったあとで、

「でも、あいつァ三下ですからね」

と、さっきと同じことを付け足した。

三下は子分の子分でまだ盃をもらっていない者を言う。賭場では見張りや下足番、使い走りをするのが主だ。独り立ちできないので親分の食客《しょっかく》になるか、別に仕事を持って日銭を稼いでしのいでいることが多い。

「鳥越一家の子分と、おまえは付き合いはなかったのか？」

茶屋で話をするのは、伊兵衛はこの辺を流し歩いているからと、竹吉が言ったからである。

「付き合いはありません。そんなことしたら旦那に怒られちまいますし、預かった十手も取りあげられるでしょう」

「誰から手札《てふだ》をもらった？」

「北町の堀井安兵衛《ほりいやすべえ》の旦那ですよ」

定町廻り同心だ。伝次郎はぼんやりとだが、堀井安兵衛の顔を思い出した。

「鳥越一家の跡目は辰吉か清蔵という男が継ぐのではないかと言われていたらしいが、知っているか?」

「そんな話を耳にしたことはあります」

「喧嘩出入りのあったあと、その二人を見たことは?」

竹吉はないですねと答え、

「虎蔵親分の他の子分もほとんど見かけねえんです。おそらく、源森一家の仕返しを怖がって逃げてんでしょう」

伝次郎はそれはあり得ることだと考えた。すると、旅に出ているという清蔵はともあれ、辰吉も他の子分同様逃げている、あるいは殺された仲間の仕返しをひそかに狙っているのかもしれない。

もし、その推量があたっていれば、また殺しが起きるということだ。そのことを考えると、早くこの一件は片づけなければならぬと胸の内に言い聞かせた。

水売りをしているという伊兵衛は、なかなかあらわれなかった。

「あの野郎、どこをほっつき歩いてんだろう」

竹吉も痺《しび》れを切らしたようなことを口走る。

「旦那、この辺をひとまわりしてきましょうか。水売りなら声をかけて伊兵衛かどうかたしかめればすむことです」

与茂七が気の利いたことを言った。

「うむ。行ってこい」

伝次郎が応じると、与茂七は伊兵衛の人相風体を竹吉に聞いて茶屋を離れた。

日はすでに中天《ちゅうてん》に昇り、日射しが強くなっている。蟬の声もかしましい。風もない。いっときの涼を醸《かも》すのは風鈴の音だけである。

団扇売りや風鈴売り、あるいは金魚売りは見かけるが、水売りは見ない。

しかし、昼前に与茂七がひとりの男を連れてやってきた。

それが伊兵衛だった。天秤棒に水桶と曲物《まげもの》を担いでいた。曲物には錫《すず》茶碗と砂糖を入れてある。

「清蔵さんですか……。旅に出たという話は聞いてますが、戻ってきたのかどうかそれはわかりません」

伊兵衛は二十歳に満たない若い男だった。切れ長の目にひしゃげたような鼻。三下だという剣呑《けんのん》さは感じられなかった。

「辰吉は家移りをしているが、どこへ移ったのか知らぬか？」

それも知らないと言う。

「辰吉さんは出入りの前に見かけましたが、それ以来ぱたりと見なくなったんです」

伝次郎は伊兵衛の顔を凝視する。嘘を言っている様子ではない。

「見たのは出入りの何日前だった？」

「さあ、四、五日前だったかな。いやもっと前だったかな」

「十日ぐらい前か」

伊兵衛は首を捻る。あまり覚えていないと言う。

「おまえはなぜ源森一家に乗り込まなかった？」

「声をかけられなかっただけです。行けと言われていたら行っていたと思いますが……」

「おまえの上の兄貴分がこのあたりで見られなくなったというが、知っているやつはいないか」

「そうなんです。みんな見なくなっちまったんです」

伝次郎はため息をついた。使いっ走りの三下はなにも知らないようだ。

「とにかく、辰吉と清蔵を捜す」

伝次郎は伊兵衛を立ち去らせたあとで粂吉と与茂七に言った。

六

翌日も伝次郎は虎蔵の子分だった残党捜しをしたが、埒《らち》が明かなかった。やらなければならぬことはいろいろある。

伝次郎は探索がはかばかしくないことに、めずらしく焦り苛立っていた。源森一家の五郎七捜しと、鳥越一家の辰吉と清蔵捜しが急がれる。

「鳥越一家の生き残りが、源森一家の仕返しを恐れているように、源森一家もそれは同じだろう」

だから解散した一家の子分たちを見つけられないのではないかと、伝次郎は考えるのである。

「旦那、みんな相手のことを恐れて逃げているんだったら世話ないですが、やつらはやくざです。仕返しをしようと思っている子分のひとりや二人いてもおかしくないはずです」

条吉が言う。

もっともなことである。隣に腰掛けている与茂七が納得顔でうなずく。

伝次郎たちは聖天町のなかほどにある茶屋で涼んでいるところだった。目の前は聖天町の通り、日光《にっこう》街道だ。隣の店先に水打ちをしている小僧がいた。

「なにか手を打たなければならぬ」

伝次郎は冷や水を飲みながら、反対側にある店の風鈴を眺める。条吉も腕組みをして考え込む。与茂七も真剣な顔つきだ。

「旦那」

口を開いたのは与茂七だった。

「おかみさんの言ったことです」

伝次郎は与茂七を見た。

「千草がなにを言った……」

「店に来た桶町の新左というやくざです。おかみさんはその新左に百蔵という男が頼み事をしていたと言いましたね」

伝次郎はハッと目を見開いた。すっかり忘れていた。

「そうであった。新左は元は鳥越一家にいたのかもしれぬ。いや、そうであろう。そして、清蔵を知っているようなことを……」

伝次郎は言葉を切って、千草が愚痴をこぼすように話したことを思い出した。それからさっと、粂吉と与茂七に顔を向けた。

「おまえたちは新左を捜してくれ」

「旦那は？」

粂吉が聞いた。

「考えがある。これからお奉行に相談をしてくる。おまえたちはその間に、新左の居所を調べておけ。わかったら、牢屋敷の前で待て」

「牢屋敷の前で……」

与茂七がまばたきをした。

「とにかく急ごう。詳しい話は舟の上でする」

伝次郎はすっくと立ちあがると、猪牙舟を繋いでいる山谷堀へ急いだ。

登城していた奉行の筒井が役所に戻ってきたのは、八つ半（午後三時）前であった。

その筒井が用部屋で待機していた伝次郎の前にあらわれた。

下城したばかりなので裃《かみしも》姿だ。

「急ぎの用があるそうだが……」

筒井は衣擦《きぬず》れの音を立てながら、部屋のなかほどに座り、扇子を抜いてあおいだ。

「牢屋敷に留め置かれている鳥越一家の子分のことです」

「ふむ」

筒井は扇子をあおぎながら伝次郎をまっすぐ見る。人の心中を探る目だ。

「鳥越一家と源森一家の一件はともかく、忠次郎殺しの探索がうまくゆきませぬ。下手人の手掛かりもいまだつかめぬままです」

「沢村にしてはめずらしく焦っているようであるな。ま、よい。話せ」

「下手人とおぼしき男は、殺された忠次郎の一の子分・五郎七、あるいは仕返しを狙った鳥越一家の辰吉、あるいは清蔵という男です。その者らが関わっていずとも、何か知っていると思われます。されど、その者たちの行方がつかめませぬ」

「…………」

「牢屋敷には虎蔵の子分だった者、それも虎蔵の番頭役を務めていた者がいます。そやつを放免していただきたいのです」

筒井は眉を短く上げ下げして、

「解き放ちにして、餌《えさ》にすると申すか。ふむ……」

さすが奉行だけあって察しが早い。

「して、その者は？」

「嘉蔵という者です。こやつは嘘をついています。清蔵の住まいを訊ねたところ、三年前に住んでいた長屋を教えたのです。嘘をついたのは何か重大なことを隠しているからだと思われまする」

「相わかった。すぐに沙汰を出す」

そう答えた筒井は年齢には相応《ふさわ》しからぬ身のこなしで立ちあがった。

伝次郎が牢屋敷前の茶屋で、粂吉と与茂七と落ち合ったのは、それから半刻後のことだった。

近くには囚人たちに届け物をする差入屋《さしいれや》がある。面会はできないが、囚人の身内や知り合いが見舞いとして牢屋敷に届けるのをあてこんだ商売だ。だが、もう日暮れ近いのでどの店も暇そうにしていた。

「新左のことはわかったか？」

伝次郎は二人に会うなり真っ先に聞いた。

「桶町の親分の家にはいませんでしたが、住んでいる家はわかりました。一家に近い長屋住まいですが、今日は姿が見あたりませんで……」

粂吉が答えた。

「家には真面目に帰る男であろうか」

「夜遊びはしているようですが、家には帰っているようです」

「よし、新左にはおれが会うことにする」

伝次郎がそう言うと、粂吉が新左の家の場所を詳しく話した。

「それであっしらは……」

「これから放免される男がいる。鳥越一家の番頭役だった嘉蔵という男だ。そいつが出てきたら後を尾《つ》けろ。決して知られてはならぬ」

「承知しました」

「尾けてどうするんです？」

与茂七が顔を向けてきた。

「嘉蔵の行き先を調べろ。きっと仲間に会うはずだ。その仲間の名前と居場所がわかればよい。無用な手出しをしてはならぬ」

「へえ」

日射しが徐々に弱くなり、西の空が夕焼け色に染まりはじめていた。それでも周囲では蟬たちが鳴き騒いでいる。

牢屋敷への出入りは少ない。突棒《つくぼう》を持った門番がいかめしい顔つきで立っている。

通りを歩く人の影が一段と長くなり、表門にあたっていた日の光が消えたとき、門脇の潜り戸が開いた。

伝次郎は目を光らせた。嘉蔵だった。

「あやつだ」

伝次郎がつぶやくと、粂吉と与茂七が食い入るような視線を嘉蔵に向けた。

嘉蔵は放免されて安堵しているらしく、大きく息を吸って吐き出すと、一度牢屋敷を振り返って神田のほうへ歩いて行った。

「尾けろ」

伝次郎の指図で、粂吉と与茂七が床几から立ちあがった。

第五章　見張り

一

桶町の新左の家は南紺屋町《みなみこんやちょう》にあった。二階建ての長屋で、建て替えられたばかりらしく戸板もどぶ板も真新しかった。木戸口のそばに住人の名札が掛けてあり、それを見て新左の家を訪ねたが腰高障子《こしだか》は閉まったままで、留守だというのがわかった。

同じ長屋の者に聞き込みをすると、新左の名前を出すなり露骨にいやな顔をした。

あまり評判はよくないようだ。

「機嫌のいいときゃいいんですが、そうでないときゃ挨拶しても返事はしねえし、下手すると食ってかかってくるんです。触らぬ神に祟《たた》りなしで、つかず離れずの付き合いも疲れます」

話をする居職《いじょく》の職人は愚痴った。

「それで、いまどこにいるかわからぬか?」

「さあ、どこにいるんでしょうか? ときどき、この町の『橋屋《はし》』って店で飲んでるのを見かけますが……」

「橋屋……」

「立ち飲みのできる酒屋があるんです。中之橋の際《きわ》です」

橋屋は間口九尺の小さな店で、京橋《きょうばし》川に面している場所にあった。長暖簾を掛けてあり、掛行灯のあかりが夜の帳《とばり》の下りた通りをあわく染めていた。

店に入ると、「いらっしゃいまし」と、奥から亭主が声をかけてきた。立ち飲みをしている三人の客がいて、伝次郎に顔を振り向けた。そのなかに新左の顔があった。

「なんだ、旦那じゃねえですか。こんなとこで飲むんですかい」

伝次郎に気づいた新左は眉を動かし、口許に小さな笑みを浮かべたが、目は笑っていなかった。

「ちょいと聞きてェことがある。付き合ってくれねえか」

伝次郎は砕けた口調で言った。口調を変えるのは相手次第だ。

「なんの用です？　まさか、女将さんに告げ口されましたか？」

新左は警戒する目になった。

「そんなことじゃねえさ。いいから付き合え」

強く言うと、新左は残りの酒を一息にあけ、店の亭主に「勘定だ」と言った。

「飲みが足りねえんだろう。だが、ほどほどにしておきな」

表に出るなり伝次郎は言った。新左の目を見据えながらである。

「説教は沢山だ。話ってのはなんです。おれの楽しみの邪魔をしてんです、さっさと用件を言ってくださいよ」

「黙って付き合え、手間は取らせねえ」

新左はむすっとした顔で伝次郎のあとに従った。伝次郎はどこで話を聞くかを考えた。自身番に連れて行くほどのことではない。だったらと、中之橋をわたった先に酒を出す茶漬屋があるのを思い出した。

そのまま黙って中之橋をわたる。新左は胸元を広げ肩で風を切るようにして歩いているが、黙ってついてくる。

「や、あやつだ」

橋をわたってすぐだった。

目の前に三人の侍があらわれた。その視線は新左に向けられていた。

「きさま、ここで会ったが百年目。覚悟しやがれッ！」

ひとりがそう言うなり、刀を抜いて小走りでやってきた。

「なにをする」

伝次郎が立ち塞がると、

「邪魔立て無用！」

と、怒鳴るなり、新左に斬りかかっていった。だが、その侍の腕を伝次郎がつかんだので、思うように刀を振ることはできなかった。

「何故《なにゆえ》の所業《しょぎょう》だ」

「ええい、放せ。このまま見逃すことはできぬのだ」

伝次郎に腕をつかまれた男は抵抗した。その間に、他の二人がそばにやってきた。

「もしや用心棒か。であるなら容赦はせぬぞ」

背の高い男が伝次郎に刀を向けてきた。伝次郎はとっさにつかまえていた男の腕を押し返した。すると、もうひとりが、

「こやつの仲間だな」

と、袈裟懸《けさが》けに刀を振って斬り込んできた。

伝次郎は素早く抜刀すると、相手の刀を擦《す》りあげ、即座に肩口に刀を据えるようにぴたりとつけた。一瞬にして相手の体が凍りついた。

「南町奉行所の沢村伝次郎だ。新左に遺恨《いこん》があるようだが、わたしに免じて見逃してくれぬか。それに市中での刃傷《にんじょう》沙汰は御法度《ごはっと》のはず。わたしは大事な調べがあり、新左から話を聞かなければならぬ」

「なに、町方であったか」

最初に刀を抜いた男が驚き顔をした。

「そやつは身共《みども》らを愚弄《ぐろう》したのです。田舎侍はとっとと帰るんだと……」

伝次郎に刀を突きつけられている侍がくぐもった声を漏らした。

「新左、謝れ。でなければ、これからも命を付け狙われることになるぞ。……新

左」

伝次郎が命じると、新左はしぶしぶと、

「ご無礼の段、ご勘弁を……」

と、心はこもっていないが、そう言って頭を下げた。

「町奉行所の者に仲立ちされては手は出せぬ。木山《きやま》、ここは堪《こら》えてやれ」

背の高い侍が、最初に斬りかかっていった男に諭すように言った。

「むむ……腹は立つが……」

木山という侍は太いため息をついて、刀を鞘《さや》に戻した。伝次郎はそれを見て、自分も刀を引いた。

「おい、新左とやら、軽口をたたくなら相手を見てからにすることだ。此度《こたび》は見逃してやるが、向後《こうご》同じことを言ったら容赦せぬ。わかったな」

木山という侍が目をぎらつかせて新左をにらんだ。新左は小さくうなずいた。

三人は納得はしていないだろうが、伝次郎をあらためて見たあとで立ち去った。

「きさま、ほうぼうに厄介の種をまいているようだな」

「そのつもりはねえんですがね」

「とにかく聞きたいことがある」

伝次郎は橋の先にある茶漬屋に足を向けた。

二

伝次郎は新左と土間席の隅に並んで座ると、茶漬けと酒を注文した。酒は新左のためだ。

注文の品が運ばれてくるまで、伝次郎は黙っていた。新左は居心地が悪いのか、落ち着きがない。煙管を忙しそうに吹かしていた。

注文の品が運ばれてくると、新左は早速酒を飲みはじめた。伝次郎は茶漬けの碗を手にする。茶漬けには青菜と沢庵《たくあん》の刻み、そしてちりめんじゃこがまぶしてあった。

「きさま、ひょっとして鳥越一家にいたのではないか？」

伝次郎は茶漬けに口をつけてから新左を見た。新左はギョッとした顔で、盃を口の前でとめている。

「いられなくなり、桶町一家に世話になっている」

「……………」

「そのことについてとやかく言うつもりはないが、そうか？」

「まあ、そうです」

新左は一口で酒をあおった。

「清蔵という男が一家にいるな」

「いやな兄貴分でしたよ。口うるさいって言うか、細けえことを言う人です」

「どこにいるか知っているか？」

「知りやせん。なんで、そんなこと聞くんです？」

「鳥越一家と源森一家の出入りは聞いてねえのか……」

新左は目を見開いた。

「そんとき清蔵さんが殺られたんですか？」

「死んではいない。清蔵は出入りのあった日には旅に出ていたらしい。だが、会わなきゃならん」

「おれが虎蔵親分に世話になってるときゃ、猿若町に住んでいやしたよ」

「徳蔵店か」

「なんだ、知ってんじゃねえですか」

「だが、いまはいない。三年ほど前に家移りしている。どこに越したか知らねえか」

新左は軽く首を捻って、わからねえと言った。

「百蔵という男と、おれの連れ合いの店に行ったな。その百蔵はどこの者だ？」

「鳥越一家にいた野郎です。出入りで一家は潰れちまって行くとこがねえから、おれが世話してたんです」

さっき伝次郎が庇《かば》ってやったおかげか、新左の口は軽くなっていた。

「百蔵はどこにいる？」

「さあ、どこにいるかわからねえです。縁故を頼ってわたり歩いてんです。そのうち、おれんとこに来るはずですよ」

「いまどこにいるか見当はつかねえか？」

新左は片手で頬をさすって考えるように風に揺れる暖簾を見た。開け放された戸口から、夜風が吹き込んでいた。

「虎蔵の跡目を継ぐのは、清蔵か辰吉と言われていたらしいが、その二人の面倒を見ているのは誰だ？　二人は一の子分だ。弟分がついているはずだ」

「清蔵さんには文太郎っておれの兄貴分がついてましたよ。いまじゃどうかわかりやせんが。辰吉さんについていた巳助《みすけ》という弟分は、この前の出入りで死んだと聞いてやす。旦那、おれが鳥越一家を離れたのはずいぶん前のことです。いまは変わっているでしょう」

「そうかもしれねえな。辰吉も昔の家には住んでいないしな」

伝次郎はちらりと新左を見た。ひょっとすると知っているかもしれないと思ったのだ。だが、表情に変化はなかった。

「鳥越一家の者との付き合いはどうだ？　ときどき会っているようなやつはいないか？」

「いねえですね。ぶっちゃけ言っちまいますが、おれは追い出されたんです。だから、一家には近づいていねえし、誰がどうなったかよくわからねえんです」

「だが、百蔵とはそうではない」

「頼ってくるやつを追い返すわけにゃいかねえでしょう。それに、昔は同じ親分の下にいたんです」

「きさまにもいいところがあるというわけだ」

少し褒《ほ》めてやると、新左はふんと鼻を鳴らした。

粋がっているだけで、さほど性根《しょうね》は曲がっていない男かもしれない。小心《しょうしん》なくせに、まわりの者に嘗められたくないがために虚勢を張る者がいる。そういう輩《やから》にかぎって面倒を起こす。

だが、いざとなったら真っ先に逃げる男だ。新左はその類《たぐ》いなのだろう。清蔵は新左の本質を見抜いて突き放したのかもしれない。

「百蔵がどこで世話になっているか、そんなことは聞いていないのか？」

「……それらしいことは聞きましたよ」

伝次郎は茶漬けをすすり込んでから、

「なんと言っていた？」

と、新左に顔を向けた。

「鐵三《てつぞう》っていう爺《じじい》がいるんです。浅草の香具師《やし》ですがね。いい人だと言っていたんで、鐵三の爺さんの家かもしれねえ……」

「鐵三の家はわかるか？」

新左は首を振った。

「奥山《おくやま》の香具師に聞きゃわかるはずです」

伝次郎は明日にでも浅草奥山に足を運ぼうと決めた。

「文太郎は清蔵の弟分だと言ったな。その文太郎の住まいはどうだ？」

「知らねえですね。旦那、なんでそんなことくどくど聞くんです」

「源森一家の忠次郎という男を知っているか？」

「名前は聞いたことあります。喧嘩が強いって話でしたが……」

「その忠次郎が殺されたんだ」

「ヘッ、そうだったんですか」

新左は驚き顔をした。

「おれはその下手人を捜している。だからあれこれ調べているんだ」

「そういうことか。ふーん、やくざの殺しも調べるんですね」

「放っておけることじゃねえからな」

伝次郎は茶漬けを急いでかき込み、口の端についた飯粒をつまんで口に入れた。

するど、新左は額にしわを走らせて、

「清蔵さんが下手人ということですか？」

と、伝次郎に顔を向けた。

「そうではない。会って話を聞きたいだけだ」

「ご苦労なことだ。で、他になにか……」

「ひとつ約束をしてもらいてェ。このことは百蔵にはないしょだ。おれに会ったこ
とも他言してもらいたくない」

伝次郎はじっと新左を見た。

「わかりました。言いやせんよ」

「頼むぜ。それから無茶はやめるんだ。きさまの気性はなんとなくわかる。無茶を
すれば、いつ命を落とすことになるかもしれねえ。長生きしたかったら、短気を起
こさねえことだ」

伝次郎はそう言ってから店の者に勘定を頼んだ。

三

与茂七と粂吉は、浅草馬道《うまみち》で足袋《たび》と股引《ももひき》を商っている「伊倉屋《いくら》」という店で見張りをつづけていた。見張るのは通りを挟んだ町屋にある長屋の木戸口だった。

その長屋に小伝馬町の牢から放免された嘉蔵が入っていったのだ。訪ねたのはその長屋に住まう女の家だった。お志乃《しの》という名の三味線弾きの家だ。やもめ暮らしだというところまでわかっていた。

見張場にしている伊倉屋は事情を話すと、渋々ながら二人に戸口そばの小部屋を貸してくれたのだった。

「出てきませんね。今夜はあの女の家に泊まるんじゃないでしょうか」

与茂七は粂吉に顔を向けた。

「そうかもしれねえな」

「そうだったら、どうします。明日出直しますか？」

「もう少し様子を見てからだ」

条吉は団扇をあおぎながらお志乃の長屋に目を向ける。すでに暗くなっており、提灯を持った人が通りを歩いている。浅草寺《せんそうじ》の鐘がついさっき五つ（午後八時）を知らせたばかりだった。

「腹減りましたね」

「落ち着きのないやつだ。さっきからもぞもぞしてばっかりじゃねえか。また腹でも下したか」

条吉があきれたように言う。

「腹はなんともないですが、尻《けつ》が痛いんですよ。この前、尻を拭きすぎて切れたみたいなんで……」

「けッ」

「ヒリヒリするからしょうがないでしょう。この店のおかみににぎり飯でも頼みましょうか。条さん、腹は減ってないんですか？」

「減っているさ。ま、いい。おれが頼んでくる」

条吉がその場を離れて店の奥に行った。

伊倉屋は老夫婦だけで商っていた。商売は長いようだ。だが、女房は愛想が悪く、店先を貸してくれないかと頼んだとき、露骨にいやな顔をした。亭主はそうでもないが、女房は鼻っ柱が強そうでむすっとしている。

奥の台所のほうで粂吉とその女房のやり取りがかすかに聞こえたが、それはごく短いものだった。

与茂七はお志乃の長屋を見張りつづける。人の出入りはさっきから絶えていた。

腹が減っているので、腹の虫がぐうぐう鳴る。与茂七は尻が痛いので、きちんと座ることができず、尻の穴が床や自分の踝《くるぶし》にあたらないような奇妙な座り方をしていた。

(旦那はどうしてるんだろう)

ぼんやりとそんなことを考え伝次郎の顔を思い浮かべる。凛々《りり》しく太い眉に鋭い目。厚い唇にどっしりした鼻。

一見強情そうだが、人の心をよく斟酌《しんしゃく》する思いやりのある人だ。

与茂七は伝次郎みたいな男になりたいと思う。だが、それは無理なことだ。

「茶も淹《い》れてくれたぜ」

考え事をしていると、粂吉が盆を持って戻ってきた。皿に塩むすびが四つ。小皿に沢庵。そして茶が添えられていた。

「よく作ってくれましたね」

感心顔で言うと、

「話し方次第だ。悪い人じゃねえよ。顔はひどいが、心根はいいんだろう。無理を承知で頼むと、おれたちの飯の心配をしていたんだと言った」

条吉はそう言って、さあ食いなと勧めた。

与茂七は塩むすびを頬張り、沢庵をぽりぽりと嚙んだ。茶を飲みながら、視線をお志乃の長屋に向ける。

あっという間に平らげたが、空腹感はなくなった。

「人って公平じゃねえですね。条さん、そう思いませんか」

「なんだいきなり」

「おれはときどき思うんです。おれも旦那みたいな同心になりたかったと。だけど、逆立ちしたってなれねえ。そうじゃないですか」

「まあな」

条吉は指についた飯粒を嘗め取りながら、お志乃の長屋を見ている。

「御番所にもいろんな人がいるでしょうが、旦那みたいな人は滅多にいないんじゃないですかね。頼り甲斐はあるし、人の面倒見もいい、それでいて強くて賢い。どうしておれはそんなふうに生まれてこなかったんだろう」

「今度生まれるときゃ、与力か同心の家に生まれるんだな」

「そうできりゃいいですが……。粂さんはそんなこと考えませんか？」

「まあ、そうだな。だが、無理なことを望んだってしかたねえだろう。おれはこんなふうに生まれちまったんだ。だからって不平を口にしたらキリがねえ。おれはおれでよかったと思っているよ。面倒を見てくれる旦那たちに巡り合えたのは運がよかったと、そう考えりゃ、悪くねえだろう」

「言われてみりゃそうですね」

与茂七はお志乃の長屋を黙って見つづけた。粂吉も見張りを怠らない。

「粂さんは、ずっとこのまま町方の旦那の助仕事をするんですか？」

「そりゃあわからねえ。いずれ年を取れば使いものにならなくなる。いくつまでできるかわからねえが、ご奉公できる間は少しでも役に立ちてェ」

「えらいなあ」

「そんなことはねえさ。さんざん悪いこともしてきたんだ。ひょっとすると罪滅ぼしと思って旦那に仕えているのかもしれねえ」

「どんな悪いことをしたんです」

条吉が顔を向けてきた。

「与茂七、無駄話は暇なときにすることだ。嘉蔵は今夜はお志乃の家に泊まるのかもしれねえ。そうなると明日の朝まで見張ることになる。おまえは先に寝ておけ」

「へえ」

与茂七は素直に返事をしたものの、すぐに眠れそうにはなかった。だが、ゆっくり横になって、見張りをする条吉の横顔を眺めた。

自分の将来にこの人は不安はないのだろうかと思った。だけれど、条吉は町方の手先仕事に生き甲斐を感じているのかもしれない。自分の将来のことを不安に思うより、いまを必死に生きている気がする。

(そうか、それでいいのかもしれねえな)

与茂七は内心でつぶやいて目を閉じた。

四

浅草奥山は蟬時雨《しぐれ》に包まれていた。

そんなwhile役者の幟を立てた芝居小屋の太鼓が鳴っている。蝦蟇《がま》の油売りが口《こう》上《じょう》を述べていれば、軽業《かるわざ》をやっている小男がいる。飴《あめ》売りがうろつき、屋台の煎《せん》餅《べい》屋が客を引く売り声をあげていた。

そんななかを浴衣姿の男女が行き交っていた。町娘、侍、仕事にあぶれたらしい風来坊《ふうらいぼう》に物乞い。両国広小路に引けを取らない雑踏である。

欅《けやき》や銀杏《いちょう》や椎《しい》などという樹木には縄がわたされ、提灯がずらりと吊られている。

伝次郎は「蛇女」という看板のある見世物小屋のそばに立ち、さっきから香具師を捜していた。屋台店を預かっているのは香具師でも下っ端である。

話をしたいのは、その上の香具師だった。新左は、百蔵が鐵三という香具師の世話になっているようなことを言った。その二人がどんな間柄なのかわからないが、鐵三は老齢のようだから、顔役ではないかと伝次郎は察しをつけていた。

高く昇った日はじりじりと大地を焦がしている。野良犬がへたったように日陰に寝そべっていた。

伝次郎も汗を拭きながら、大きな銀杏の陰に立っていた。獲物を探すように目を光らせていると、矢場《やば》のそばで店の者と話をしている男がいた。短いやり取りののち、その男は矢場の裏にある掘っ立て小屋に姿を消した。

伝次郎は眉宇をひそめた。矢場は売春をやっている。客の射放った矢を拾い集めるのは女で、腰を屈《かが》めたときにちらりと太股を見せたり、広げた襟にのぞく胸乳《むなぢ》をこれ見よがしにさらし、客を取るのだ。矢場の裏にはそのための小屋があった。

（客か……）

伝次郎はそう思ったが、しばらく様子を見ることにした。待つほどもなく裏の小屋に消えた男が表に戻ってきた。それから店の者に一言二言声をかけて立ち去った。

客ではなかった。矢場を仕切っている男だ。つまり香具師である。

伝次郎は男のあとを追った。紺絣《こんがすり》の着物を着流し、素足に雪駄《せった》履きという目立たない身なりだが、男はただ者ではない雰囲気を醸《かも》している。

男は浅草寺の本堂を見向きもせず横切り、そのまま随身門《ずいじんもん》から馬道に出た。

「しばらく」

通りに出たところで声をかけると、男が振り返った。細身の男だ。年は三十を超えたばかりか。伝次郎はひと目で町方とわかる身なりだが、男は別段驚いた様子もない。

「なんでござんしょ」

「聞きたいことがある。鐵三という男を知っていないか。奥山の香具師だと聞いているのだが……」

「鐵三の親爺になんの用です？」

男は知っているのだ。

「ある調べものをしているのだが、鐵三に聞きたいことがあるのだ。鐵三がどうのという話ではない。家を知っているなら教えてもらいたい」

男は伝次郎の視線を外し、通りを見たあとで、指二本を使ってすうっと襟を正した。

「調べものってェのはなんです？」

用心深い男のようだ。目に警戒の色が浮かんだ。

「鳥越一家が潰れたのは知っているだろうが、虎蔵の子分が鐵三の世話になっていると聞いたのだ。会いたいのは鐵三ではなく、その子分のほうだ。もっとも、話を聞くだけだがな」

正直なことを打ち明けた。

「その子分に会ってしょっ引くという寸法ですかい？」

「いや、話を聞くだけだ」

「それだけだったらいいか」

男は独り言のようにつぶやき、言葉をついだ。

「家は真砂町《まさごちょう》です。長年連れ添ったおかみさんと二人暮らしをしています。沖助《おきすけ》店《だな》という長屋がそうですよ」

男はそう言ってから、それでいいですかと言う。

「恩に着る」

男はホッとした様子を見せて、そのまま歩き去った。

伝次郎はそのまま真砂町に足を向けた。浅草真砂町は金竜寺《きんりゅうじ》の門前で、近江宮《おうみみや》川《がわ》藩堀田《ほった》家中屋敷のそばにある。

鐵三の住まう沖助店はすぐに見つけられた。二階建ての長屋である。どぶ板の走る路地の上には縄がわたされ、洗濯物が乾《ほ》されていた。

鐵三の家の戸は開け放されていて、居間で団扇をあおぎながらひとりで碁を打っている年寄りがいた。

「邪魔をする」

伝次郎が声をかけると、年寄りは視線を盤面からあげた。しわ深い色の黒い年寄りだ。齢六十はとうに過ぎていそうだ。

「南町の沢村と申す。そなたは鐵三であるか?」

「そうでござんすが……」

鐵三は平然としている。

「ここに鳥越一家にいた百蔵という男が世話になっていると聞いたのだが……」

「百蔵ですか。やつァ出て行きましたよ。まあ、お入りなさいな」

伝次郎は三和土に入って居間の上がり口に腰掛けた。

「どこへ行った」

「さあ、どこへ行ったのやら。この機に堅気になれと話したんですが、聞き分けのねえ野郎です」

「行き先に心あたりは……」

伝次郎は老人の顔を見つめる。だが、鐵三の目は据《す》わっていて動揺は見られない。

「ないですね」

「そなたは鳥越一家と関わりがあるのか？」

「ありませんよ。虎蔵さんとは顔見知りでしたが、ただそれだけのことです。それにしても、喧嘩出入りで殺されちまうとは、あの人も運がねえ」

「虎蔵の一の子分に、清蔵と辰吉という男がいた。その二人のことをなにか知っているか？」

「跡目はその二人のどっちかだろうと言われていましたね。だけど、あっしは親しくはなかったし、話もしてませんので……」

二人のことはなにも知らないということだ。

「百蔵はその二人のことを話さなかっただろうか？」

鐵三は何かを思い出そうと短く視線を泳がせたが、

「いやあ、そんな話はしなかったな。話すのはこれから先の渡世のことばかりでしたよ。いったい何をお調べで？」

「鳥越一家が乗り込んだ源森一家には、忠次郎という一の子分がいた。そやつが殺されたのだ。その下手人を捜している」

鐵三は肝が据わっているのか、そんな話に興味がないのか、醒《さ》めた顔をしていた。

「物騒《ぶっそう》な話じゃないですか。それで百蔵にはなにを？」

「清蔵と辰吉から話を聞きたい。百蔵がその二人の居所を知っているなら、教えてもらおうと思っているのだ」

「もし百蔵が戻ってきたら、その旨《むね》伝えておきますか。それとも、そっと番屋に届けたほうがいいですかね」

「番屋に届けてもらえないか。百蔵は下手人を捕まえる手掛かりを知っているかもしれぬからな」

「承知しやした」

伝次郎が立ちあがると、下駄音と共に年寄りの女が戸口に立った。

「あら、お客……」

と、目をしばたたいて鐵三を見た。

「用はすんだので、失礼いたす」
伝次郎は鐵三の代わりに返答してそのまま長屋を出た。
百蔵の居所はわからない。粂吉と与茂七はどうしているだろうかと気になった。
昨夜、与茂七は戻ってこなかった。
(どこにいるのだ)
空に浮かぶ入道雲をあおぎ見て通りを歩いた。
五郎七のことを調べなければならない。伝次郎はそのまま本所へ向かうことにした。

五

長五郎は医者を帰したあと、縁側に座り足の爪を切りはじめた。
お島が医者を送り出しながら世間話をしている。
(ヤブめ……)
長五郎は爪を切りながら、早く帰りやがれ、てめえには二度と診てもらわねえと腹のなかで毒づく。

胃の具合は日に日に悪くなっている。食欲もないし、胃のあたりに痼《しこ》りがある。それが悪さをするのか、ときどき差し込むように痛むことがあるのだ。だが、医者は気にしすぎるとそんなことがよくあると言った。

馬鹿高い薬を置いていったが、長五郎は効かないと思っている。薬を飲むのは気休め以外のなにものでもない。

戸口でのやり取りが終わった。医者が下駄音をさせて帰っていく。お島が土間に戻ってきて声をかけてきた。

「よかったですね。たいしたことなくて……」

「ああ、そうだな」

長五郎は素っ気なく答えた。お島も自分の腹具合には気づいていない。じつは少量だが、血を吐いたのだ。鼻紙で拭き取って捨てたので、お島はそのことにも気づいていない。

「あの先生はいい医者かもしれません」

「そうかな」

「信じることですよ」

お島はそう言うと、台所のほうへ去った。

出て行けと言って間もないが、お島にはその素振りがない。長五郎はもう一度しっかりと諭さなければならないと考えた。

庭に朝顔が咲いている。日暮れには萎《しぼ》んで、夜が明けるとまた別の朝顔が開く。だが、その寿命も夏のうちだけだ。

(この夏がおれの最後の夏かもしれねえ。来年は生きてねえだろう)

長五郎にはそんな予感があった。

胃のあたりにある痼りはだんだん大きくなっている。血を吐いたのも一度だけではない。

(思い残すことはねえから、いいだろう)

爪を切り終わり、団扇を使いながら青い空に視線を注ぐ。あの世はあの空にあるのか、それとも地面の底にあるのかと、普段考えもしないことを思い浮かべる。

「旦那、旦那」

その声で長五郎は我に返った。お島がすぐそばにいた。

「なんでぇ」

「文太郎さんが見えたんです」

長五郎はすぐにあげろと言って、座敷に移った。

「どうした、今日は？」

長五郎は汗を拭う文太郎を眺めた。

「へえ、兄貴にどうしても返してこいと言われまして……」

「なにをだ？」

文太郎はこれですと言って、懐から財布を出した。先日、長五郎が清蔵にわたした財布だった。

「あっしは叔父貴のことだから受け取らないでしょうと言ったんですが、兄貴は預かってるわけにゃいかねえと言って聞かねえんです。自分で返しに行くのが筋だろうが、おれの顔を見れば叔父貴は頑固になって受け取りはしないと……それで」

文太郎はもう一度汗を拭いて、長五郎の顔色を窺《うかが》うように見た。

「そうかい。おれも頑固だが、清蔵も意地っ張りなところがあるからな。まあ、いいだろう」

長五郎は財布を引き寄せてから、

「それで、あいつはどうしているんだ？」

と、聞いた。

「こうなったら堅気になっちまおうかと、そんなことを言います。本気で考えてるのかもしれません」

「おりゃあ、そうなってもらいてェ。あいつは堅気になってもちゃんとやっていける男だ。帰ったら、おれがそう言っていたと伝えてくれ」

「はい」

「それで、おれは旅に出ることにした」

「えっ、どちらへ？」

文太郎は額にしわを走らせ、目をしばたたいた。意外だと思ったのか、驚き顔だ。

「箱根《はこね》あたりがいいかなとぼんやり考えているところだ」

「そうですか。それでいつ？」

「まあ近いうちにと思っている。江戸にいると、なにかと面倒なことになりそうだからな」

文太郎は唇を噛んでうつむいた。

「その前に清蔵には一目会いてえもんだ。そう伝えてくれねえか。金のことはなにも言わねえから」

「へえ」

「文太郎、おめえも余計なことを言うんじゃねえぜ」

そう言うと、文太郎がまっすぐ見てきた。口を引き結び、なにか言おうとしたが、すぐにやめて唇を噛むように結んだ。

長五郎には文太郎がなにを言いたいのかわかっていた。だが、言わせてはならなかった。

「わかりやした。それじゃ叔父貴、これで……」

文太郎が頭を下げて立ちあがると、冷や水を作って持ってきたお島が、

「もうお帰りですか?」

と、声をかけた。

「外せねえ用があるんで失礼いたしやす」

そのまま文太郎は帰っていった。

冷や水を口にしたとき、文太郎を送り出したお島が戻ってきた。そのまま神妙な顔で目の前に座った。

「どうした？」

「さっき、箱根に行くようなことをおっしゃいましたね」

「聞いていたのか……」

「聞こえたんです。わたしもついて行きます」

長五郎は冷や水の入った碗から顔をあげてお島を見た。

「それはならねえ。おめえはこれからひとりで生きていけばいい。旅に出るのはおれひとりだ」

「許しません。いやです」

お島は少し興奮した声をあげた。わたし知っているんですと、言葉を足す。

「知っているってなにをだ？」

長五郎はお島を凝視した。お島も負けじと見返してくる。もともと気丈な女だ。

だが、その目の縁が赤くなり、目が潤《うる》みそうになっている。

「ひとりにはしておけないではありませんか。これまでずっといっしょに暮らしてきたのですよ。先行き長くなくてもそばにいたいんです」

長五郎はハッとなった。お島はおれの病を知っているのだと思った。

「旅に行くときにはわたしもいっしょです」

お島が言葉を足したとき、戸口から声が聞こえてきた。

「ごめんなすって」

長五郎は戸口のほうを見た。

六

「それで、なぜおめえだけ放免に……」

訪ねてきたのは鳥越一家の番頭役・嘉蔵だった。一家のとりまとめ役で、子分の世話を焼くのが番頭の仕事だ。

「わかりやせん。ですが、まあ娑婆《しゃば》に戻れてよござんした」

長五郎は「ふむ」と、うなって嘉蔵を眺めた。牢暮らしが堪《こた》えたのか、疲れた顔をしていた。

お島が茶を運んできたので、長五郎は煙草を買ってきてくれと言いつけた。嘉蔵は大事な話をしに来たに違いない。そのための人払いだった。

「叔父貴に会いに来たのは……」

長五郎はしっと、口をつぐませた。お島が戸口を出て行くまで、そのまま茶を飲んで待った。

「なにか大事な話があるようだな」

お島の下駄音が遠ざかってから、長五郎は口を開いた。

「へえ、源森一家の忠次郎が殺されたそうですね」

長五郎は表情ひとつ変えず嘉蔵を見る。

「そのことを調べている町方が牢屋敷へ来て、あれこれ聞いていったんです。沢村という町方でしたが、清蔵さんと辰吉さんを疑っている口ぶりでした。そのことで叔父貴がなにか知ってらっしゃるんじゃないかと思いまして……」

嘉蔵は茶に口をつけた。

「なんでおれがそんなことを知ってると言うんだ？」

「辰吉さんのことはご存じでしょうが、清蔵さんは旅から戻ってきているはずです。ここへ挨拶には来ていませんか？」

「一度来た」

「それで……」

嘉蔵は探るような目を向けてくる。

「兄弟分の辰吉を殺ったのが忠次郎というのがわかった。だから敵を討つと言っていた」

「それじゃ、やっぱり清蔵さんが……」

嘉蔵は唇を噛んで頭《かぶり》を振り、

「それで、清蔵さんがどこにいるかわかりませんか？　家を訪ねて行っても留守ばかりで会えねえんです。ひょっとしたら家移りしたんじゃないかと思うんです。あっしはこのあとのことを相談しなきゃなりません。もっとも、御番所から仕舞い納めをしろという触れが出たのは知っていますが、形を変えてでも立て直しをしようと思います。そうしないと、死んだ虎蔵親分に申しわけありません」

長五郎は、そういうことだったかと内心で安堵した。だが、目に力を入れて、言ってやった。

「嘉蔵、こう言っちゃなんだが、このままでいいんじゃねえか。散り散りになった子分らはめいめいにしのぎを考えているはずだ。一家を立て直すなんて考えはよすことだ」

嘉蔵は意外だという顔をした。

「それじゃ、虎蔵親分は無駄死にしたってことになりませんか。叔父貴は親分とは兄弟分ではありませんか。このまま堪《こら》えていろとおっしゃるんで……」

「堪えるもなにもねえさ。虎蔵は源森の常三郎を殺ったんだ。それに、忠次郎って野郎も死んだ。一家の敵は討ったはずだ」

「しかし……」

嘉蔵は膝に両手を置いてうつむいた。

「牢に入っているやつらのことも考えなきゃなりません。あいつらもいずれ娑婆に戻ってきます。そんとき、やつらに行く場所がねえんじゃ……」

「おめえの気持ちはよくわかる。だが、御番所から触れが出てんだ」

「叔父貴……」

嘉蔵が挑むような視線を向けてきた。

「親分が守ってきた縄張り《シマ》があるんです。このままだと、他の一家に取られちまうんですよ。それでもいいとおっしゃるんですか」

「………」

「叔父貴は一家を構えなかった。だから気が楽なのかもしれませんが、このまま鳥越一家を潰すのは忍びないんです。形を変えてでも一家を立て直さなきゃ、虎蔵親分もあの世で嘆くんじゃありませんか。それに……」

「なんだ」

「牢屋んなかでも、娑婆に戻ったら一から出直そうと仲間と誓ってんです」

「一から出直してえなら、堅気になることだ」

「なんですって……」

「それが無難だ。博徒《ばくと》とはいえ所詮やくざ渡世だ。いざこざが起これば、今度のように斬った張ったの命のやり取りをしなきゃならねえ。それに、肚の据わった野郎が少ねえ。いまどきの若ェ《わけ》やつらはとくにそうだ。おめえ、いまおれが一家を構えなかったから気が楽だろうと言いやがったな」

長五郎は嘉蔵をにらんだ。古傷のせいでもともと引きつれている頬がさらにねじれ、かすかに赤みを帯びた。

「おれにも可愛い子分がいた。面倒を見て渡世人から足を洗い、堅気になった。根無し草のようなやくざ稼業よりよっぽどいいじゃねえか。え、そうは思わねえか。おめえが子分たちのことを思う気持ちはわかる。心から面倒を見てやろうと思う気持ちがあるんだったら、並みの暮らしができるような道筋をつけてやったらどうだ。一家を立て直して、散った子分らが喜ぶと思うのは大きな心得違ェだ。もっとも、足を洗えねえやつのことを思って言っているんだったら、おめえの好きなようにすることだ」

「…………」

嘉蔵は黙り込んだ。

「虎蔵は死んじまったが、おれとやつの考えは同じだった。おめえは番頭としての面目を立てるために、残された子分らのことを思っているんだろうが、それはそれで構わねえさ。おれが口出しするようなことじゃねえからな。だが、忘れちゃならねえ。虎蔵は男の面目を立てる信義に厚い男だった。やつは任侠というものがなんであるか、よくわかっていた。だから、おめえらも虎蔵についてきたはずだ。そうじゃねえか」

「……たしかに……」

低声で応じた嘉蔵は、納得したように頭を下げた。

「よく考えるんだ」

七

伝次郎は五郎七捜しをつづけていた。

源森一家の元子分で所在がわかっているのは、力士崩れで蜆《しじみ》売りの元締めをやっている千吉、八百源の孝造、そして、孝造といっしょに忠次郎の死体を運んだ七佐。

伝次郎は千吉と七佐には会えたが、五郎七の行方はわからないと言うばかりだった。所在を隠すための嘘をついている様子はなかった。

そこで、それは後まわしにして南本所出村町の自身番を訪ねたが、新たな証言や下手人らしき者を見たという話はなかった。

孝造に会わなければならないが、伝次郎は忠次郎が住んでいた長屋をもう一度訪ねた。どぶ板が外れた路地には蠅が飛び交っていて、異臭が漂っていた。

あらためて来ても、こんな長屋に忠次郎が間借りしていたことが解せない。忠次郎は源森一家では一の子分だったのだ。

(なぜ、ここに……)

古ぼけた長屋を眺めて考えるが、その疑問は解けぬままだ。

奥の家からひょいと出てきた女房がいたので声をかけた。背中に赤子を負ぶっているが、赤子はすやすやと気持ちよさそうに眠っていた。

「忠次郎さんの家に出入りしていた人は知っています。何度も見ていますから」

五郎七のことを訊ねると、若い女房はそう言って目をみはった。大きな瞳だった。

「その男だが、忠次郎がこの先で殺された日も見なかったか?」

「見ました」

他の住人もその日、五郎七を見ている。だが、この女房に会うのは初めてだった。

「それはいつ頃だった?」

「夕方です。日の暮れ前だったかしら、その時分にやってきて忠次郎さんと出かけ、それから半刻もせずに帰ってきました」

これは初耳だった。

「そのときも五郎七がいっしょだったか？」

「へえ、そうです。でも、その五郎七という人はすぐ出て行きました」

「すぐ」

「忠次郎さんの家に入ってすぐでしたね」

これは重要な証言のような気がした。伝次郎は目の前の軒先に張りついて鳴きはじめた蟬を見てから女房に顔を戻した。

「忠次郎が殺される前のことだが、近所でその五郎七を見たことはなかったか？」

女房はさあと首を捻り、その頃は夕餉の支度をしていたからわからないと答えた。

それ以上、女房の知っていることはなかったので、伝次郎は長屋を出た。

夏の日は長い。すでに七つ（午後四時）を過ぎているのに、江戸の町はあかるい日の光に包まれていた。

八百源に行くと、孝造が女房といっしょに客の相手をしていた。客が胡瓜と玉蜀《とうもろ》黍《こし》を買って帰ると、伝次郎は店に近づいて孝造に声をかけた。

「あ、旦那」

伝次郎の顔を見るなり、孝造が声を漏らした。少し驚き顔だ。

「旦那に会おうと思っていたんです。五郎七さんがいました」

伝次郎は目をみはった。

「どこだ？」

「八反目橋《はったんめ》のそばにある茶屋にいました。誰かを待っているふうだったし、あっしは仕入れた野菜を運んでる最中だったんで声はかけませんでしたが……」

「いつ見た？」

「ついさっきです。小半刻とたっちゃいません」

伝次郎がそのまま身を翻そうとすると、孝造が慌てて声をかけてきた。

「旦那、あっしが教えたことはないしょでお願《ね》げェします」

「わかった」

伝次郎はそのまま八反目橋へ急いだ。大横川に流れ込む曳舟川《ひきふね》に架かる最初の橋だ。業平橋をわたり左へ折れる。もうそこは百姓地で民家はほとんどない。曳舟川は古綾瀬川《ふるあやせがわ》から引かれた用水で、川幅は狭い。舟を土手から引いて運行するので、曳舟川という名がつけられたらしい。

夏の日射しにぬくめられた土手から、むせかえるような草いきれが鼻をついた。川の西側は百姓地だが、対岸は小梅瓦町だ。八反目橋はその町の外れと小梅村を繋《つな》いでいた。

八反目橋に差しかかったとき、伝次郎は対岸の茶屋の前にいる五、六人の男を見た。遠目から見ても穏やかな様子ではない。それに激しく罵《のの》し》り合っている。

店の女が盆を持ったまま、葦簀の陰で肩をすくめて怯えていた。

伝次郎が急ぎ足で橋をわたったときだった。

男たちがいきなり揉み合うように乱れ、ひとりの男を突き倒すと、そのまま袋だたきにしはじめた。

「やめろ！　やめねえか！」

伝次郎が止めようと声を張っても男たちの耳には届いていなかった。倒された男が素早く立ちあがると、

「源森一家の五郎七を怒らせちゃ、ただではすまねえぜ」

と、言うなり懐に呑んでいた匕首《あいくち》を閃かせた。まわりの男たちもそれを見て、匕首や長脇差《ながどす》を抜き払い斬り合いになった。

「やめるんだ!」

伝次郎はひとりの襟をつかんで引き倒した。

「うわっ」

という声があがり、ひとりが五郎七に腕を斬られて下がった。

「てめえら、やるんだったら命はねえぜ」

五郎七が匕首を腰だめにしてすごんだ。

目の前にいる四人の男は、わずかにひるみを見せたが、

「そりゃあこっちの科白《せりふ》だ」

と言うなり、五郎七に斬りかかっていった。

伝次郎はとっさに間に入り、匕首を振りあげた男の鳩尾《みぞおち》を柄頭《つかがしら》で突くなり足を払って蹴倒した。

と、今度は長脇差で斬りかかってきた男がいた。伝次郎は水もたまらず相手の刀を下から撥《は》ねあげ、左肩に棟《むね》打ちをくれてやった。

「うぐッ……」

肩を打たれた男は片膝をついて顔をゆがめた。

伝次郎はその男には目もくれず、匕首を持って背後から突きかかってきた男の腕をつかみ取ると、そのまま投げ飛ばした。男は茶屋の葦簀にぶつかって倒れた。

もうひとり残っていたが、その男は伝次郎の強さにひるみ、後じさってうめきながら立ちあがろうとしている仲間を見た。

「南町の沢村と言う。これ以上騒ぎだてするようなら容赦なくしょっ引く！」

五人の男たちは伝次郎の恫喝《どうかつ》に恐れをなして後じさった。歯嚙みをして悔しそうではあるが、もはやかかってくる様子はない。

伝次郎は五郎七に斬られた男を見たが、大した傷ではなさそうだ。

「覚えてやがれッ」

肩幅の広い男が、五郎七をにらんで、ありふれた科白を吐き捨てると仲間に顎をしゃくって立ち去った。

八

五人が八反目橋をわたるのを見てから伝次郎は、五郎七を見た。

「きさまに話がある。そこへ……」

伝次郎は五郎七を茶屋の床几にうながした。茶屋の者は胸を撫で下ろしたような顔で葦簀を立て直したり、落ちていた湯呑みを拾ったりした。

「どうしたわけであんな喧嘩になった？」

「やつらがおれたちの縄張りで賭場を開く支度をしているのを知って、文句を言ってやったんです。そうしたら仲間を連れてきて因縁を吹っかけられたんです」

五郎七は興奮冷めやらぬ顔で、小女が運んできた茶に口をつけた。背は低いが肉付きのよい男で、頑丈そうな広い顎をしていた。

「もう、おまえの一家はないはずだ」

「それでも黙っちゃいられません。ほとぼりも冷めねえうちに勝手なことやられると……」

五郎七はそこで口をつぐんで、伝次郎をあらためて見て、

「さっきはありがとうございやした。それでなんのご用で……」

と、聞いた。

「忠次郎のことだ」

五郎七はゆっくり伝次郎に顔を向けた。感情をなくしたようなその顔から、五郎七の内面を窺うことはできなかった。

「きさまは忠次郎が殺された日にいっしょにいたな」

「ずっとじゃありませんが……」

「だが、何度か長屋に出入りしている。あの日、きさまと忠次郎はいっしょに長屋を出て、夕刻に戻ってきた。そして、きさまは先に長屋を出た。まだその頃は日が暮れていなかっただろうが、日が落ちて暗くなってから忠次郎はひとりで長屋を出た。そして、何者かに殺された」

「…………」

「下手人は忠次郎を待ち伏せしていたのだろう」

五郎七は底光りのする目を伝次郎に向ける。

「忠次郎が襲われたのは、六つ半に近い刻限だった。その頃、きさまはどこにいた？」

「旦那、おれを疑ってるんですか？」

「答えろ。どこにいた？」

伝次郎は五郎七をにらみ返した。

「兄貴とあの日出かけたのはたしかです。ですが、あっしはやっちゃいません。兄貴が殺された頃、おれは千吉といっしょにいましたよ」

伝次郎は力士崩れの千吉を脳裏に浮かべた。

「千吉の家にいたのか？」

「いえ、やつは蜆売りの元締めをやっています。やつが使っている二人の若造と会っていました。これから先どうするかという相談ですよ。兄貴が殺されたと聞いたのは、その晩遅くでした」

「千吉と二人の若造とはどこで会った？」

「横川町にある、しけた飲み屋です。店の者も知ってますよ」

伝次郎はその店へ案内しろと言った。

五郎七の言う飲み屋は、中之郷横川町の北外れにあった。間口九尺の小さな店で、継《つ》ぎのあてられた腰高障子に「うめ屋」という文字がかすれていた。婆さんと、お世辞にも器量よしと言えない三十過ぎの女がやっている店だ。話を聞くうちに母娘だというのがわかった。忠次郎が殺された晩のことを、その二人はすぐに思い出せなかったが、

「おれと千吉と、春太《はるた》と完助《かんすけ》がそこの席にいただろ。思い出すんだ」

五郎七がそう言うと、店の母娘はあの晩のことですかと思い出した。

「ええ、五郎七さんはたしかにあの晩、この店にいました。遅くまでいたので覚えています。それで七佐さんが飛び込んできて、慌てて店を出て行ったんでした。五郎七さんのお仲間が大変なことになったと知ったのは、翌朝でした」

しわくちゃの母親がそう言えば、娘もたしかにそうでしたと言葉を添えた。

伝次郎はもう他に聞く必要がなくなった。五郎七は下手人ではない。

「忠次郎は誰かに殺されるような恨みを買ってはいなかったか？　恨みを抱いているようなやつに心あたりがあれば教えてくれ」

伝次郎は店の母娘にはかまわずに聞いた。

五郎七は短く視線を彷徨《さまよ》わせただけですぐに答えた。

「そんなやつを知ってりゃ、いまごろおれが殺ってますよ」

「仲間内にもいなかったと言うか。忠次郎はカッとしやすい質《たち》で、気に入らないと乱暴をはたらいたと聞く。子分でも容赦しなかったと……」

「一家の子分が下手人だと言いたいんですか。冗談じゃねえ。子分に兄貴を殺せるやつなんてひとりもいねえですよ。そりゃあ兄貴を敬遠しているやつはいましたよ。だけど、殺《や》れる度胸のあるやつはいねえ。しくじったときのことを考えりゃ、二の足を踏むのが関の山です」

「それじゃ、誰がやったと思う？」

「……そんなことわかりませんよ。ですが……」

「なんだ？」

「おりゃあ鳥越一家の野郎じゃねえかと思うんです」

「なぜ、そう思う？」

「親分を殺されたんです。それに、あんな騒ぎのあとでしたからね」

五郎七は開け放してある戸の表に視線を注いだ。伝次郎はその横顔を眺めてから質問を変えた。

「忠次郎には須崎村に家があった。それなのに、しけた長屋に住んでいた。なぜそんなことをしていた？」

五郎七はすぐには答えない。思い詰めたような目で、宙の一点を見ていた。

「きさまは忠次郎の弟分だったはずだ。その理由《わけ》を知っているだろう」

「……女から逃げるためだったんです。しつこくてうるせえ女がいてね。しばらく離れて姿をくらましてりゃあきらめるだろう、と兄貴は言っていましたよ。それで店賃《たなちん》の安いくたびれた長屋にいっとき暮らしていたんです」

鵜呑《うの》みにできる話ではない。五郎七はなにか隠している。だが、いまそのことを追及しても口は割らないだろう。

「いまの話がほんとうなら、女を疑わなければならぬ」

「まさか、女にできることじゃねえでしょう」

それはたしかだろう。忠次郎は大男だ。それも腹を深く抉られている。女にできることではない。

「その女のことを教えろ」

「会ったってなにも出てきやしませんよ」

五郎七はそう言ってから、女のことを口にした。

それは、深川の芸者崩れでおみつという名だった。忠次郎がいっとき面倒を見ていたらしい。だが、もう江戸を離れていないと言う。

「兄貴がああなっちまったんで、田舎にでも引っ込んじまったんでしょう」

「おみつはどこに住んでいた？」

五郎七は小梅代地町にある万助《まんすけ》長屋だと言った。

伝次郎は五郎七への訊問をそこで打ち切った。

「きさまがなにをしようが、とやかくは言わぬ。だが、さっきのような喧嘩騒ぎはやめることだ。命がいくつあっても足りなくなる」

伝次郎は店の表に出て注意した。五郎七は黙っていた。

「縄張りと言うが、もうきさまの一家はないのだ」

伝次郎が言葉を足すと、五郎七は唇を噛んでうなずいた。その場で五郎七と別れた伝次郎は、おみつが住んでいたという万助長屋を訪ねた。

住人におみつのことを聞くと、三日前に家移りしたと言った。引っ越し先はわからなかった。

腑に落ちぬこともあるが、伝次郎は自分の猪牙舟に戻ることにした。

いつの間にか日が翳《かげ》っていた。それでも蟬の声はかしましい。風鈴売りや団扇売りと擦れ違ったかと思えば、横町から冷や水売りが出てきた。

猛々《たけだけ》しく聳《そび》える入道雲を浮かべる空は縹《はなだ》色に染まり、静かに流れる隅田川は金《こん》色《じき》の光に輝いていた。

吾妻橋の東詰まで来たとき、対岸に目を注いだ。粂吉と与茂七はどうしているだろうかと気になる。二人は嘉蔵を見張っているはずだ。

(どこにいるのだ)

胸中でつぶやき吾妻橋をわたり、材木町河岸に舫っていた猪牙舟に乗り込んだときだった。

「旦那」

声をかけてきたのは与茂七だった。そのまま河岸道から舟のそばへ下りてきた。

「旦那の猪牙《ちょき》を見つけて、ずっと待っていたんです。嘉蔵が動きました。粂さんはまだ見張っていますが、嘉蔵は昨日女の家に泊まり、今日は長五郎という男の家を訪ねています」

「長五郎……」

初めて聞く名だ。

「殺された虎蔵の兄弟分です。お島という女と住んでいますが、聞き込みをしてみると長五郎は鳥越一家の子分らの面倒を見ていたらしいんです」

「長五郎の家はわかっているんだな」

「もちろんです」

第六章　虹

一

長五郎の家に着いた頃には、あたりが薄暗くなっていた。

開け放された戸口で声をかけると、奥の土間から女が出てきた。丸髷《まるまげ》に着物の袖をまくって襷を掛けていた。お島という長五郎の女房だろう。四十半ば過ぎぐらいに見える。夕餉の支度中らしく、帯に手拭いを挟み込んでいた。

土間には竈《かまど》から上る煙が漂っていた。

伝次郎が名乗るまでもなく、お島は顔を緊張させた。相手が町奉行所の人間だとわかったからだ。

「なにかご用で……」

「南町の沢村と言う。長五郎に会いたいが、いるか？」

「へえ」

お島は座敷のほうをちらりと見て、少し待ってくれと言い、伝次郎と与茂七をその場に待たせた。奥の障子が開け閉めされる音がして、お島はすぐに戻ってきた。

「おあがりください」

伝次郎は与茂七を戸口のそばに待たせて、座敷にあがった。すぐに奥の障子が開き、長五郎があらわれた。お島は行灯と燭台《しょくだい》をつけて台所に下がった。

「御番所の旦那が、いったいどんなご用で……」

長五郎は腰を下ろすなり、伝次郎を見て言った。涼しげな松皮菱《まつかわびし》の浴衣姿だ。年の頃は六十ほどだろうか。浅黒い顔に落ち着いた目をしているが、片頬に古傷があり深いしわといっしょにねじれている。

「おぬしは鳥越一家の虎蔵と兄弟分だったと聞いている。一家がどうなったかは知っているると思うが、会いたい男がいる」

「いったい誰でしょう？」

長五郎はゆっくりとした所作で煙草盆を引き寄せた。

「虎蔵の跡目を継ぐといわれていたのは、辰吉と清蔵という一の子分だと聞いている。その二人に会って話を聞きたいのだ。居場所を知っているなら教えてもらいたい」

「ご用はそれだけですか？」

「いまのところはそれだけだ。知っているか？」

そこへお島が茶を運んできた。茶托《ちゃたく》に載せた湯呑みを伝次郎に差し出す。

「一家は潰れたんです。いまさらあの二人に会ってなにをお訊ねになりたいので……」

「源森一家に忠次郎という男がいた。その男が殺されたのだ。聞いてはおらぬか」

伝次郎は長五郎をじっと見つめた。表情に変化はない。たるんだ目の下の皮膚がかすかに動いただけだ。

だが、長五郎に茶を差し出すお島の手が躊躇《ためら》ったように一瞬止まったのが、伝次郎は気になった。そのお島を見ると、視線をそらして台所へ下がった。

「あっしは忠次郎なる男は知りませんが、源森一家の男が殺されたというのは耳にしました。まさか、そのことで旦那は辰吉と清蔵を疑っておられるので……」

「疑いはまだないが、話を聞きたいだけだ」

「そりゃあ困りましたな。あっしは足を洗って長い。虎蔵の子分らとの付き合いも少ねえんで、二人がどこにいるかわからねえことです」

長五郎は煙管に刻みを詰めて火をつけた。

「おぬしは一家の面倒を見ていたのではないか？」

「昔のことです。たしかにあっしは虎蔵とは兄弟分でした。だから、やつの子分の面倒を見ることもありましたが、しょっちゅうではなかった。あっしは一家を構えなかったが、何人かの子分がいましたからね」

「だが、いまも虎蔵の子分との付き合いはあるはずだ」

嘉蔵がこの家に来たのはわかっている。それを隠すつもりなのか。伝次郎は長五郎を凝視する。しわ深い顔のなかに老獪《ろうかい》な目がある。

伝次郎はいまここで嘉蔵のことを口に出そうかどうしようか短く迷った。口にしても、この男は正直なことは言わないだろう。伝次郎の長年の勘がはたらいた。であれば、様子を見るほうがよいかもしれない。

「まあ、ないと言えば嘘になりましょうが、さほどの付き合いじゃありません」

長五郎はすぱっと煙管を吹かすと、そのまま灰吹きに煙管を打ちつけた。

「源森一家に喧嘩出入りがあったとき、辰吉と清蔵はいなかった。清蔵は旅に出ていたらしいが、辰吉がいなかったのはどういうわけだ？」

「そんなのあっしの知ることじゃありません。なにか用があって留守にしていたんじゃないでしょうか。他に考えようがありません」

長五郎は口の端に薄い笑みを浮かべて、伝次郎を見返す。

「喧嘩出入りで牢屋敷に入っている一家の子分がいる。そやつらに辰吉と清蔵の居所を聞いたが、嘘を教えられた」

「嘘を……」

長五郎は白髪交じりの眉を動かした。

「訊問した子分は、一家の番頭役だった嘉蔵、それから才助《さいすけ》と一五郎《いちごろう》の三人だった。やつらはしれっとした顔で、清蔵が住んでいた昔の住まいを口にした。辰吉の家は教えてもらったが、すでに家移りをしたあとだった」

「そりゃいったい、どうしたわけで……」

長五郎は茶に口をつけた。

「嘉蔵は一家の番頭役だった。そいつが知らないというのはおかしい。そうは思わぬか」

嘉蔵はこの家に来ている。長五郎がどんな反応を示すか、伝次郎は注意深く見たが顔色も変えなければ、目に動揺の色も浮かべなかった。とんだ狸《たぬき》だ。

「旦那、そんなこたァあっしにはわからないことですよ」

「もう一度聞くが、清蔵と辰吉の居所は知らないのだな」

「知ってりゃ話しますよ」

伝次郎ははじめて茶を飲んだ。どうついてもこの男はうまく逃げるだろう。だが、なにか知っているはずだ。

「知っていることがあれば話すと、おぬしはいまそう言った。これから先知ることがあったら話してくれるということだな」

「そのときには……」

伝次郎は長五郎を長々と見つめてから、邪魔をしたと言って腰をあげた。

「あの年寄り、なにか隠している」

伝次郎は表に出るなり、与茂七につぶやいて、長五郎の家を振り返った。

「なにを隠していると言うんです？」

伝次郎は長五郎とやり取りをしているときに感じたことをざっと話してやった。

「それじゃ、長五郎は辰吉と清蔵のことを知っているってことですか？」

「おそらく。だが、いまは正直なことは言わぬだろう」

「どうするんです？」

伝次郎はしばらく考えながら歩いた。向かうのは猪牙舟を舫っている河岸地だ。

「粂吉は嘉蔵を見張っているのだな」

「そうです」

伝次郎はすっかり暮れている空を眺めた。

「なにかあったら粂吉はおれの家に来るだろう。今日は引きあげだ」

二

その夜は早めに客が引けた。

千草はがらんとした店を眺め、五つ（午後八時）の鐘音を聞くと、暖簾を下げた。もともと夜遅くまでやる店にしたくなかったし、伝次郎にも店は五つまでと言っている。それでも酒を提供するので、なかなかそのことを守れないが、今夜はいいだろうと片づけにかかった。

洗い物をすませて襷《たすき》を外したときだった、「ごめんよ」と言う声とともに入ってきた男がいた。千草はハッと顔をこわばらせた。桶町の新左だったのだ。

「もう店は仕舞いよ」

「飲みに来たんじゃねえんだ」

新左はそう言って土間席に腰を下ろした。

「なにか用なの？」

千草は前垂れを外し、姉さん被りにしていた手拭いを脱いだ。気丈な目で新左を見る。乱暴をはたらくようだったら大声を出してやると、肚《はら》をくくる。

「あんたの亭主は御番所に勤めているんだよな。それなのに、女房にこんな店をやらせている。おれが知ってる旦那連中にゃ、そんな人はいねえんでめずらしいことだ。それとも、他の同心の旦那たちもやってるのかね」

新左はにたついた顔を向けてくる。

「わたしにはわからないわ。この店はわたしが好きでやっているだけだから。それでなにか用があるんでしょう」

「だから来たんだよ。じつはな、あんたの亭主に頼まれたことがあるんだ。それがわかったんで、会いてェと思ってよ。大事な話だ」

「言付けをしに来たってわけ」

新左はすぐには答えず、店のなかをぐるっと見まわしてから千草に顔を向けた。

「旦那に伝えてくれ。話があるから明日の朝でも、おれの家に来てくれって。それだけ言やァわかるはずだ」

「わかったわ」

「頼むぜ」

新左は立ちあがって尻を払い、

「そうとんがった目で見ねえでくれよ。あんたが気の強い女だってェのはわかってるからよ。それじゃ頼んだぜ」

と言って、店を出て行った。

千草はホッと胸を撫で下ろした。

伝次郎は与茂七と軽く飯を食べてから川口町の家に戻ったばかりだった。

「旦那、飲み足らないんじゃありませんか。酒、やりますか？」

着替えを終わって居間に戻ると、与茂七が声をかけてきた。

「おまえが飲み足らないからだろう」

言われた与茂七はひょいと首をすくめた。

「遠慮はいらぬ。だが、飲み過ぎるな」

「へヘッ。それじゃ、早速用意します」

与茂七は嬉しそうな顔で台所に下り、徳利をつかんで揺すった。あんまり入っていないなとぼやき、

「つけるんでしたら湯を沸かしますが、どうします？」

と、伝次郎に顔を向ける。

「冷やでよい。ぐい呑みで一杯もやれば十分だろう」

「それだけの分はあります」

与茂七はぐい呑みに二人分の酒をつぐと、戸棚から胡瓜の浅漬けを取り出した。伝次郎の知らないことまで与茂七は知っている。

団扇をあおぎながら酒を飲み、胡瓜の浅漬けを口に入れる。

「粂さん、どこにいるんでしょうね」

「連絡《つなぎ》をどうするか相談しておらぬのか？」

「なにかあったらこの家に使いを走らせると言っていました。今夜使いがなければ、明日の朝、嘉蔵が居すわっている女の長屋の前で落ち合うことになっています」

ぬかりなく打ち合わせはしているようだ。

「それにしても、なかなか前に進みませんね」

「……一足飛びというわけにはいかぬが、そうでもないさ」

「それじゃ、なにか目星をつけてるんで……」

与茂七は口の前にぐい呑みを浮かして伝次郎を見る。

「はっきりは言えぬが、忠次郎殺しの下手人は源森一家の者ではないだろう。おそらく鳥越一家ではないかと思うのだ。長五郎はなにか隠しているし、牢屋敷で会った子分らも嘘をついた。嘉蔵もおれに適当なことをぬかした。それに、おれが会いたいと思っている辰吉と清蔵がいない。その二人は源森一家にも乗り込んでいない」

「殺された忠次郎も、あの騒ぎには入っていなかったんでしたね」

「そうだ。しかもちゃんとした家があるのに、しけた長屋に住んでいた。常三郎の一の子分がだ」

「言われりゃ、たしかにおかしいですね」

与茂七は視線を彷徨《さまよ》わせて考えをめぐらす顔になった。

「だが、五郎七が言うことには、忠次郎が長屋に仮住まいをしていたのは、女から逃げるためだったらしい。おみつという女なのだが、そのおみつは住んでいた長屋を三日前に越していた。行き先はわからないが、この先必要なら捜さなければならぬ」

「まさか、そのおみつが忠次郎を……」

「それは無理だろう。忠次郎は大男だった。それに、死体を検《あらた》めた広瀬は、忠次郎の腹は深く抉られていたと言う。女にできることではない」

「おみつが男を雇ったと考えることはできませんか。あるいはおみつの男だったと……。忠次郎はおみつから逃げるために仮住まいをしていたんですよね。なにか深い事情があったから忠次郎は逃げていた。だけど、おみつはあの長屋を見つけ、おみつの男が待ち伏せをして忠次郎を殺したと……」

「おまえも考えるようになったな。だが、どうであろうか……。もっとも、その推量が間違っているとは言わぬが……」

伝次郎がそう言ったとき、戸口から千草の声が聞こえてきた。

「あら、お帰りだったのですね」

そのまま下駄音を立てながら居間の前までやってきた。

「さっき帰ってきたばかりだ。今夜は早いのではないか」

「このところ遅いことが多かったですからね。店を閉める間際に新左が来たんです」

「なに、やつが」

「誰もいないときだったので、因縁でもつけに来たのかと思ったら、あなたに言付けでした」

「言付け……」

「明日の朝、自分の家に来てくれって。なんでも話があるそうなんです」

三

翌朝、伝次郎は家を出るとまっすぐ、南紺屋町にある新左の家に向かった。まだ朝の早い時分だが、もう夜は明けていてあかるかった。気の早い商家は大戸を開け、仕事支度をはじめていた。

新左の長屋に入ると、道具箱を担いだ職人と擦れ違った。奥の家から「今夜は早く帰ってくんだよ」と、女房が声をかけていた。

新左の家の戸は開いていた。もう起きているようだ。

戸口で声をかけると、二階から新左の声がした。

「誰だ？」

「南町の沢村だ」

返事をすると、新左が慌てたように梯子《はしご》段を下りてきた。浴衣をだらしなく羽織っただけの身なりだ。

「やけに早いじゃないですか。まあ、入っておくんなせえ」

伝次郎は居間の上がり口に腰を下ろした。

「話があるそうだな」

「へえ、あるんですよ。旦那が知りたがっているやつのことです」

「百蔵のことか……」

「まあ、そうですが、おれもなにかと物入りなんです。ただってわけにゃいかねえな」

新左は卑《いや》しい目を向けてくる。

「そういうことか……」

伝次郎は懐に手を入れ、財布のなかから小粒《こつぶ》（一分金）をつまんで新左の膝許に置いた。新左はその金に視線を落としたが、すぐに顔をあげた。

「役に立つ話だと思うんですがねえ。おれもしけたこと言いますが、町方の旦那がこういうときにしけたことするのはどうなんすか」

（こやつ……）

伝次郎はにわかに怒りを覚えたが、もう一枚足してやった。

「おれの口が軽くなるように、もう一枚出ませんか」

「きさまってやつは……」

伝次郎は新左の望みどおり小粒を足してやり、

「それで話とはなんだ？」

と、うながした。

「百蔵の居所がわかったんです。あの野郎、おれに頼み事をしたきり、そのまま顔も出さねえんで頭にきてたんです」

「居所がわかったんだな。どこだ？」

「新材木町《しんざいもくちよう》です。足を洗って木挽《こびき》職人になった野郎がいるんです。そいつの家に居候してやがったんです」

「その家は新材木町のどこにある？」

「彦造《ひこぞう》店です。あっちへ行きゃすぐわかるはずです」

伝次郎は仲間を売るようなことをする新左を醒めた目で見た。文句のひとつも言ってやりたくなったが、こんなろくでもない男に関わっている必要はないと思い直し、出かけた言葉を喉元で呑み込んだ。

「なんです？」

新左が黙り込んだ伝次郎を訝《いぶか》しそうに見て聞いた。

「なんでもない」

伝次郎はそのまま新左の家を出た。

通りを急ぎ足で歩きながらも新左のことに腹を立てていた。大した能も度胸もないくせに、無駄に肩肘を張る性格。他人への思いやりの欠片《かけら》もなく、おのれだけの得しか考えないいくずだ。鳥越一家の清蔵から見放されたということがよくわかる。だが、いまはそんなことはどうでもよいことだ。とにかく百蔵に会わなければならない。

通町を横切り、京橋をわたって楓川沿いの河岸道を急いだ。蟬の声が静かに高まりつつある。どこの商家も表戸を開け、暖簾を掛けていた。それでも客の来る時間ではないから、なんとなくのんびりした空気があった。

伝次郎は江戸橋をわたり、照降町《てりふりちょう》を横目に親仁《おやじ》橋から新材木町の通りに入った。新左が口にした彦造店は苦もなく探しあてることができた。

長屋の路地奥とそばの井戸端でおかみ連中がおしゃべりに興《きょう》じていた。亭主連中が仕事に出たからだろう。

木戸口のそばに住人の家がわかるように名札がかけてあった。だが、伝次郎は新左からこの長屋に住んでいる木挽職人の名前を聞くのを忘れていた。小さく舌打ちしたとき、そばの戸口から出てきた年寄りがいた。

「ここに木挽職人がいるはずだが、どの家か教えてくれぬか？」

年寄りは生気のない目を向けてきて、そこですよと教えてくれた。三軒目の家がそうだった。腰高障子に「木挽　勘吉」という文字があった。

戸は開け放されている。戸口に立つと、居間で胡座をかいて団扇をあおいでいた男が見てきた。

「百蔵だな」

「へえ」

あおいでいた団扇を止めて、警戒する目になった。伝次郎は敷居をまたいで三和土に立った。

「おまえは鳥越一家の子分だったな」

「なんです」

百蔵は尻をすって下がった。丸顔で色が黒かった。やくざ特有の剣呑さはない。

「源森一家に乗り込んだとき、おまえは虎蔵らといっしょだったか？」

「いえ、あっしは行ってません」

「なぜ行かなかった？」

「声をかけられなかったからです。あっしは三下ですし、喧嘩出入りがあったのを知ったのはその翌《あく》る日でした」

伝次郎は上がり口に腰を下ろした。

「おまえをどうこうしようというのではない。清蔵を知っているな」

「へえ」

「いまどこにいるか知っているか？」

「それはわかりません。清蔵さんは旅に出ていたんですが、いまは戻っているという話は聞きました」

百蔵は落ち着きなくまばたきをする。

「清蔵がいつ戻ってきたか知っているか？」

「喧嘩騒ぎのあったあとです。二日ばかりあとだったはずです。なんで、そんなこと聞くんです？」

「聞くことに答えるだけでいい。それじゃ、辰吉はどこにいる？」

「どこにって、もういませんよ」

伝次郎は眉宇をひそめた。

「いないってどういうことだ？」

「……死んだんです」

「死んだ……」

「殺されたんです」

百蔵は言ったあとで、しまったという顔をした。おそらく辰吉の死は伏せられていたのだろう。

「誰に殺されたのだ？」

伝次郎は身を乗り出して百蔵をにらんだ。それは言えないと首を振り、知らないとつぶやいた。

「辰吉が殺されたのはいつだ？　このことは誰にもしゃべらぬ。おまえから聞いたこともないしょにしておく」

百蔵は少し安堵したようにため息を漏らした。

「約束ですぜ。源森一家に乗り込む十日ばかし前だったはずです。そう聞いています」

「十日ほど前……」

「へえ」

伝次郎は家のなかを飛びまわる蠅をしばらく目で追った。

「鳥越一家が源森一家に乗り込んだのは、自分らの賭場を荒らされたので、その意趣返しだった。そうだな」

「そりゃ……」

「なんだ？」

「あっしはその辺のことはわからねえんです。乗り込むときも声はかけられなかったし」

百蔵は見返してくる。嘘を言っている目ではなかった。

鳥越一家の虎蔵は、命を張って源森一家に乗り込んだはずだ。度胸のない子分には声をかけなかったのだろう。つまり、乗り込んだ者たちはそれなりに肝の据わった男たちだった。いざとなったとき逃げ出すような者を連れていっても役には立たない。

「それじゃ、清蔵がどこにいるか知らないか？」

「あっしは知りません。知ってりゃとっくに会いに行っているんですが……」

百蔵からは他の話は聞けなかった。わかったのは鳥越一家の跡目を継ぐと言われていた辰吉が、何者かに殺されたということだ。

（それも喧嘩出入りの十日ほど前……）

伝次郎の心に引っかかるものがあった。

四

与茂七はさっきから浅草馬道の通りを行ったり来たりしていた。嘉蔵を見張っている条吉に会いたいのだが、どこにも姿がないのだ。

嘉蔵はお志乃という女が住んでいる長屋に居候しているはずだから、その長屋も何度ものぞき見ていた。しかし、そこに嘉蔵の姿もなかった。

家のなかで掃除をしたり、台所仕事をしている女がいたが、それがお志乃である。三味線弾きと聞いているが、手拭いを姉さん被りにし、浴衣を着ているその姿は長屋のおかみ連中となんら変わるところがない。それに三十過ぎの薹《とう》の立った女だ。

嘉蔵の情婦《いろ》だというのは、付近での聞き込みでわかっていたが、忠次郎殺しに嘉蔵が一枚嚙んでいたかどうかは不明のままだ。

（条さん、いったいどこにいるんだ）

与茂七はお志乃の長屋の木戸口を見張れる茶屋の床几に座って暇を潰すことにした。そのうち条吉はあらわれるはずだ。おそらく嘉蔵を尾《つ》けているのだろう。

町には蟬の声が満ちていた。軒先の風鈴が、気《け》だるそうにちりんちりんと鳴る。空の一角に白い入道雲が聳えている。

条吉が通りに姿をあらわしたのは、茶屋の床几に座って小半刻ほどたったときだった。

与茂七はさっと立ちあがって、条吉に声をかけた。

「ここです」

条吉が急ぎ足でやってきた。

「旦那はどこだ？」

「桶町の新左に会いに行きましたが、いまはどこにいるかわかりません。なにかあったんですか？」

粂吉の表情がいつもと違うので、与茂七は聞いたのだった。

「清蔵の家がわかったんだ。旦那に知らせなきゃならねえが……」

粂吉は通りの遠くに視線を投げた。

「旦那とは、昼過ぎにこの辺で落ち合うことにしています」

粂吉は空を見あげた。

「それまでまだ間があるな」

「それじゃ桶町に行ってみますか？」

「まだ新左の家にいるならそうするが、わからねえだろう」

「ま、そうですね」

与茂七はそう言ってから清蔵の家はどこなのだと聞いた。

「今戸町だ。やっと突き止めた。今朝、その家を嘉蔵が訪ねたんだ。誰の家かと思い聞き込んでみてわかったことだ。清蔵には文太郎という子分がついているのもわかった。それから女がいた」

「女……」

「どういう関わりなのか尾けていってわかったが、辰吉の女だった」

「それじゃ、辰吉のこともわかるんじゃないですか」

与茂七は目を光らせた。だが、粂吉は首を振った。

「わからねえ。辰吉の女はおくらという名前だが、わかったのはそれだけだ」

「それじゃ、おくらを見張っていればわかるんじゃ……」

「いや、おくらは江戸を離れるようだ。鳥越一家の三人の子分がその面倒を見ている。乗り込んで話を聞くわけにもいかねえし。どうしようか困ってんだ」

「だけど、清蔵の家がわかったんですから」

「だから早く旦那に知らせたいんだ」

「そりゃあ困りましたね」

「居所がわかってりゃ、これから飛んでいくんだが……」

粂吉はまた通りの遠くに視線を飛ばした。

与茂七も釣られたように通りの先を眺めた。

長五郎は煙管に火をつけた。そのままぱっと吸いつける。うまくはない。さっきからそんなことを何度も繰り返していた。

座敷ではお島が旅支度をしていた。これもあれもと風呂敷に入れて包んでいる。どこか楽しげだが、長五郎の気持ちは晴れないままだった。

きれいに花を開いた朝顔に蝶が蜜を吸いに来たが、蜜蜂がやってきたのでふらふらと逃げていった。

気持ちがざわつくのは昨日、沢村という町方が訪ねてきたからだった。人の心の底をのぞくような目で見られた。なにもかも見透かされた気がしてならなかった。そんなことは後にも先にも初めてのことだった。それとも気のせいかと思いもする。

心が落ち着かないのはそのせいばかりではない。昨日、便に血が混じった。そして、今朝も。

(おれの命は長くねえな)

そう思う。命なんぞいまさら惜しくはないが、胃のあたりの痼りが悪さをしているというのだけはわかる。

長五郎はお島を振り返った。吸っていた煙管を灰吹きに打ちつけ、

「お島、本気でおれについてくる気か？」

お島が畳んでいた着物から顔をあげた。あきれたように目をみはる。

「何度言えばいいんです。ついて行きます」

長五郎は短くため息をついた。

「それじゃ、一度清蔵に会ってからにしよう。出かけるのは、そのあとだ」

「清蔵さんの家に行くんですか？」

「そうだ。軽く昼飯を食ってからにする」

「駕籠《かご》を呼びますか？」

「いらねえ。この暑さだ。駕籠に乗りゃ、そのまま萎《しな》びちまう」

言ったあとで、それでもいいがと胸中でつぶやいた。

「お昼はどんなものにします？　このところ食が進まないようですけど……」

「さらさらっとかっ込めるやつでいいさ。素麺《そうめん》がいいか」

「それじゃ素麺を。清蔵さんの家にはあたしも行きます。ちゃんとご挨拶をしてお

きたいので……」

長五郎は拒もうとしたが、言っても聞かないだろうと思い放っておくことにした。

「それにしてもよく鳴きやがる」

長五郎は小さな庭木に止まってミンミンとけたたましく鳴く蟬を見た。

五

伝次郎は中之郷八軒町にある八百源の店先で、孝造と立ち話をしていた。

「見ていないか……」

「へえ」

すっかり八百屋の主になっている孝造は小さく顎を引いた。

「五郎七の居所もわからねえか」

「それもわかりません。小梅村か瓦町をうろついているかもしれませんが……」

「なぜ、そう思う」

「八反目橋のそばで見たんでそうじゃねえかと」

「今日もいるとはかぎらねえだろう」

伝次郎はそう答えながらも行ってみようと思った。

孝造と別れると、そのまま小梅村に向かった。業平橋をわたりながら、西の空に雨雲が浮かんでいるのが見えた。雨が降るかもしれぬ。

そう思ったが、すぐに頭を切り替えた。五郎七の証言にずっと引っかかりを覚えていたからだが、それは忠次郎が辰吉を殺したのではないかと推量したのだ。

五郎七は伝次郎にこう言った。

――しつこくてうるせえ女がいてね。しばらく離れて姿をくらましてりゃあきらめるだろうと、兄貴は言っていましたよ。それで店賃の安いくたびれた長屋にいっとき暮らしていたんです。

源森一家の忠次郎がしけた長屋で仮暮らしをしていることを疑問に思って、そのことをぶつけたときだ。

そして、五郎七の言う忠次郎の女はもういなかった。

もし、忠次郎が辰吉を殺していて、鳥越一家の仕返しを避けるために仮暮らしをしていたというのなら話の筋が通る。

忠次郎は女から逃げるような男ではなかったはずだ。

とにかく五郎七に会ってそのことを聞かなければならない。

しかし、五郎七が揉め事を起こした茶屋へ行ってもその姿はなかったし、茶屋の者に聞いても姿を見ていないと言う。

伝次郎はどうしようかと思い、また空を見た。

鉛色《なまり》の雲が迫《せ》り出してきている。風も少し出てきた。

だが、雨が降ったとしても通り雨だろうと推量する。空全体を見まわし、雲の動きを見ればおおよそ見当がつく。

伝次郎は来た道を戻り、中之郷横川町の通りを歩いた。五郎七に似た男を見ると足を止めたが、当人ではなかった。そのまま足を進めて法恩寺橋のそばまでやってきた。

ついでだからと、すぐ近くにある南本所出村町の自身番を訪ねた。

「あ、旦那！」

自身番の敷居をまたぐなり、文机のそばにいた書役の喜兵衛が尻を浮かした。

「旦那にお知らせしなきゃならないことがあるんです」

喜兵衛は膝をすって近づいてきた。

「なんだ？」

「本所方の広瀬様が、是非にも話したいことがあるから、沢村様が見えたらそう言付けてくれと言われているんです」

「広瀬はどこにいる？」

「おそらく猿江橋のそばです。普請の差配をされているはずです」

伝次郎はすぐに猿江橋に向かった。

広瀬小一郎は殺された忠次郎の死体を最初に検分している。ひょっとすると新しいことがわかったのかもしれない。

昼には条吉と与茂七に会うことになっているが、それまで少し余裕はある。だが、気が急いているあまり足が速くなり、汗が噴き出してくる。

猿江橋では先日と同じように普請工事が行われていた。人足や大工が作業をつづけている。だが、先日よりは数が少ない。橋普請は大方終わっているようだ。

広瀬小一郎は猿江橋の西詰にある茶屋の床几に座っていた。伝次郎が橋をわたると、広瀬も気づいたらしくそのまま立ちあがった。

「沢村さん、耳に入れておかなければならぬことがあります」

広瀬は挨拶も抜きに言った。

「どんなことだ」

「わたしは忠次郎の死体を検めているので、どうにも気になっていたのです。取り掛かっていた仕事が落ち着いたので、もう一度わたしの手先に聞き込みをさせたところ、怪しい男が浮かんだのです」

「怪しい男……」

伝次郎は汗を拭いながら床几に腰を下ろした。広瀬も座り直して話をつづける。

「まず、忠次郎が殺される前の日、やつが住んでいた長屋を探りに来た男がいました。こいつは長屋の者に訊ねず、魚屋の棒手振《ぼてふり》に忠次郎のことを聞いています。それから近所でも似た男が見られています。話を合わせると同じ男です。丸顔の団子鼻で、髭が濃かった。開いた襟元から胸毛がのぞいていたと……」

「そやつの正体は?」

「源森一家の者が忠次郎の住まいを探るのはおかしいでしょう。だから鳥越一家にいたやつに鎌をかけて聞いたところ、文太郎という男ではないかと……」

「文太郎……」

初めて聞く名である。

「虎蔵の一の子分、清蔵の弟分らしいのです」

「なにィ……」

伝次郎は片眉を動かした。

「文太郎だと決めつけるのは早計《そうけい》かもしれませぬが、怪しい男がもうひとりいます。忠次郎が殺された日の暮れ方、文太郎らしき男といっしょにいた男がいます。これも、さっき話した棒手振が見ています」

「文太郎といっしょにいた男というのは……」

伝次郎は濃い眉が色の白さを引き立てている広瀬を見た。

「正体はわかりませんが、面相の悪い年寄りだと言います。この男は日の暮れたあと、清水町《しみずちょう》の蕎麦屋で酒を飲んでいます。法恩寺橋の近くにある『藪一《やぶいち》』という店です。忠次郎の長屋にも、やつが刺された場所にもほど近い」

「その年寄りはどこの何者だ？」

広瀬はわからないと答えた。

六

広瀬と別れた伝次郎は、本所清水町《しみずちょう》にある藪一という蕎麦屋へ向かった。法恩寺橋の西詰に近く、忠次郎が仮住まいをしていた長屋にも近い。

広瀬には鳥越一家の辰吉が殺されたことは話さなかったが、仮に辰吉が忠次郎に殺されたのならば、その敵討ちだったかもしれない。辰吉は虎蔵の跡目を継ぐと言われていた一の子分だ。

やくざ同士の喧嘩ならあり得る話だ。それに鳥越一家は、賭場荒らしをする源森一家と揉めている。辰吉殺しはその最中のことだ。

鳥越一家は血眼《ちまなこ》になって下手人を捜したはずだ。そして、忠次郎の仕業と知り、虎蔵自ら源森一家に乗り込んだ。だが、そこに忠次郎はいなかった。

なぜなら忠次郎は仕返しを恐れて、しけた長屋に仮住まいをしていたからだ。だが、これはあくまでも推量でしかない。

藪一は昼前であったが、客はいなかった。伝次郎は本所方が忠次郎殺しの一件で聞き込みに来たことを話し、件《くだん》の日にこの店に来たという年寄りのことを訊ねた。

「ええ、覚えております」

禿頭《とくとう》の主ははっきりと言った。

「あれは日の暮れ前でしたか、酒を一合頼まれ、それを蕎麦掻きを肴《さかな》にちびちびと飲んでおいででした。それも半刻ほどです。酒一合で長居をされちゃ迷惑だと思ったんですが、勘定のついでに心付けをくださいましてね」

どうでもいい話なので、伝次郎はその人相や年齢を訊ねた。

「年は六十かもっと上のような気がしました。ですが、人相がよくないんです。この辺に古い傷があって頰が引きつっているんです。そうそうわたしと同じ髷の結えない禿頭でしたよ」

伝次郎にはぴんと来た。長五郎だ。

「それで店を出たのは何刻頃だった。覚えておらぬか？」

「日の暮れかかった六つ過ぎだったはずです」

「その男に連れはなかっただろうか？」

「ありませんでしたね」

伝次郎は藪一を出ると、自分の猪牙舟に戻るべく足を急がせた。やっと謎が解けそうだという興奮もあり、もはや噴き出る汗などかまっていられなかった。

（そういうことであったか……）

広瀬の証言を反芻しながら胸中でつぶやく伝次郎は、獲物を見つけた猛禽《もうきん》のように目を光らせていた。


清蔵は長五郎と長々と話をしていた。

そばには連れ合いのお島が神妙な顔で座っており、文太郎は居間の隅に控えていた。

「それじゃ、おめえは本気で足を洗うんだな」

「へえ、叔父貴にはいろいろお世話いただきましたが、そう決めました」

「そうかい。そりゃよかった。身過ぎ世過ぎのやくざ稼業だ、渡世に見切りをつけるのは悪くねえ」

「許していただけやすか」

さっきから畏《かしこ》まっている清蔵は、長五郎を窺うように見る。そばに控える文太郎は、膝の上で拳をにぎり締めていた。

清蔵が足を洗って堅気になると話したのは昨夜のことだった。そして、自分にもそうしろと勧めた。堅気になると言っても、どんな仕事をするのかと問うと、小金ならあるから小さな飲み屋でもやろうかと言った。

「許すもなにもおめえが決めたことだ。とやかく言うことはねえだろう」

長五郎は口の端に小さな笑みを浮かべた。

「話のわかる叔父貴でよかったです。親分が守ってきた一家をこのまま潰していいのか、死んだ親分に申しわけが立たないんじゃないかと悩んでいたんです。辰吉のこともありますから……」

「気持ちはわかる。だが、虎蔵も辰吉もおめえのことはわかってくれるはずだ。遠慮はいらねえだろう。だが、おめえを慕ってくる子分がいるはずだ。そいつらのことはどうする？　嘉蔵は一家をまとめる肚《はら》づもりのようだが……」

「嘉蔵とはよくよく話をするつもりです。頼ってくる子分がいれば、できるかぎり力になってやろうと思いますが、どこまでできるか……」

「見あげたもんだ。そこがおめえさんのいいところだ」

文太郎は二人のやり取りを聞きながら、このままでいいのか、黙っていていいのかと心を痛めていた。

清蔵は自分のことを疑っている。昨夜もなにかおれに隠し事があるんじゃないかと言って、腹の底をのぞくような視線を向けられた。

文太郎は正視に耐えられずにうつむき、なにもないと言ったが、それは嘘だった。清蔵にもわかったはずだが、問い詰められはしなかった。

だが、ぽつんと一言言われた。

——どうやらおめえに借りを作っちまったようだな。

あのとき、なにもかも見透かされている、兄貴は気づいているのだと思った。

「それで箱根へ湯治《とうじ》に行かれるとおっしゃいましたが、いつ発たれるんで……」

清蔵が話題を変えた。

「急ぐことはねえが、これから発とうと思う。まあ、品川《しながわ》あたりで一泊してゆっくり旅をするつもりだ」

長五郎はそう言ったあとで、十年ほど前に箱根へ行ったときの話をはじめた。

七

伝次郎が粂吉と与茂七に合流したのは、約束の刻限より半刻ほど遅れてのことだった。

「旦那、清蔵の居所がわかりやした」

会うなり粂吉が報告した。

「清蔵は江戸に戻っていたのだな」

「戻ってきたのは出入りのあったあとです」

「そうか……」

伝次郎はキラッと目を光らせて曇った空を見あげた。いまにも泣きだしそうな雲が頭上に迫っていた。

「清蔵には文太郎という弟分がついています。どうやら世話掛のようです」

「さようか。いろいろと話すことはあるが、とにかく清蔵に会おう。家はどこだ？」

「今戸町です」

条吉が先に歩き出し、伝次郎と与茂七があとにつづく。

「旦那の調べのほうはどうなりました？」

歩きながら与茂七が聞いてくる。

「辰吉は死んでいた」

「えっ」

与茂七が驚きの声を漏らせば、条吉が顔を振り向けた。

「話せば長いが、辰吉を殺したのはおそらく忠次郎だろう」

「忠次郎が辰吉を……」

与茂七は目をしばたたく。

「そうだという証拠《あかし》はないが、おそらくそうであろう」

伝次郎がそう応じたとき、地面にぽつぽつと黒いしみが広がったと思ったら、ざっと雨が降ってきた。

「与茂七、傘を買ってこい」

伝次郎はそう命じて商家の軒下で雨宿りをした。傘を買いに行った与茂七が戻ってくると、傘を差して清蔵の家に向かった。

清蔵の家は隅田川を望める河岸道から少し入ったところにあった。伝次郎たちがその家の前に着いたときには雨は小降りになっていた。

清蔵の家の戸は閉まっていたが、「頼もう」と声をかけるなり、伝次郎は腰高障子を引き開けた。

居間にいた者たちが一斉に顔を向けてきた。伝次郎はそのまま土間に入り、

「これは手間が省けた。お揃いではないか」

と、長五郎とお島を見、

「清蔵はきさまか」

伝次郎は長五郎の前に座っている男に聞いた。眉が太く肚の据わった目をしている。

「さようですが、どんなご用でしょう？」

清蔵は動揺もせず聞いてくる。

「文太郎というのはきさまだな」

伝次郎は清蔵には答えずに文太郎を見た。もじもじと落ち着かない素振りで、目

に動揺の色を浮かべている。

「沢村様、いったいどういうことで……」

長五郎だった。

「そりゃあこっちが聞きてェことだ。長五郎、おれに嘘をついたな」

伝次郎は伝法な口調に変えた。

「はて、なんのことでしょう」

長五郎はしらばくれて扇子を閉じて開き、そしてあおいだ。そばにいるお島は凍りついたように顔をこわばらせていた。

「長五郎、この期《ご》に及んで嘘は通らねえぜ。なにもかも調べずみなんだ」

伝次郎は長五郎をひとにらみして言葉をついだ。

「おめえは鳥越一家が源森一家に乗り込んだとき、辰吉がいなかったのを知らないと言った。だが、知っていた。清蔵の居所もわからないと言った。だが、いまここにいる。まあ、あとで知ったということで大目に見てやるが、鳥越一家の子分らもおれにさんざん嘘をついていやがる」

「旦那、これは調べですかい……」

そう言う長五郎を伝次郎はひたとにらんだ。

「忠次郎殺しの下手人をおれが捜しているのは知っているだろう。その下手人がわかったということだ」

長五郎は黙り込んだ。文太郎は顔色を失っていた。

「だがまあ、観念するまで話してやろう。虎蔵の一の子分だった辰吉が死んだのは、いや殺されたのは源森一家が襲われる十日ほど前のことだった。そうだな」

伝次郎は長五郎、清蔵、文太郎と眺める。

「鳥越一家は源森一家と賭場のことでごたついていた。だが、源森一家が賭場を荒らしたのは、分家筋のものだった。そりゃあつながりのある一家だから虎蔵も穏やかではなかっただろう。だが、虎蔵が源森一家に乗り込んだのは、一の子分だった辰吉を殺されたからだった。そうだな」

全員沈黙していた。

風鈴が鳴り、雨が小やみになっていた。

「辰吉を殺したのは源森の常三郎が一の子分、忠次郎だった。だが、鳥越一家が乗り込んだとき、忠次郎はいなかった。仕返しを恐れて隠れていたのだ」

一息ついた伝次郎は、清蔵を見た。

「清蔵」

呼ばれた清蔵が伝次郎を見た。むんと口を引き結んでいる。

「おまえは江戸に戻ってきたとき、さぞや驚いただろう。親分や仲間が殺されたのだからな。なにより兄弟分の辰吉が殺されたと知り、じっとしておれなくなった。それで忠次郎の隠れ家を探しあてた。探したのはおそらく文太郎、おめえだろう」

文太郎はハッと顔をあげたが、表情はかたいままだった。

「清蔵はじつの親より大事な親分と、仲間を殺されている。そこで辰吉の敵を討つための策を練った。そのために文太郎は大いにはたらいた。忠次郎が殺された日に、文太郎、てめえは魚屋の棒手振《ぼてふり》と話をしているな」

あっと驚いたように文太郎は口を半分開き、目をまるくした。

「長五郎、おめえさんもひと役買った。いやいや、ひと役どころではねえか」

「旦那、あっしです」

それまで黙っていた清蔵だった。

八

「忠次郎を殺ったのはあっしです。言いわけはなにもしません。どうぞ、しょっ引いてください」

清蔵は縛ってくれと言わんばかりに両手を差し出した。

「待て、清蔵」

長五郎だった。伝次郎に膝ごと体を向け言葉をついだ。

「あっしです。忠次郎はあっしが殺りました」

「叔父貴……」

清蔵は慌てた顔をしたが、長五郎が遮った。

「たしかに清蔵は辰吉の敵を討つと言ってあっしに相談をしに来やした。だが、こいつは先のある男。そんなことをさせちゃならねえと思ったあっしは、清蔵の代わりに忠次郎を待ち伏せて……」

「旦那！　やめて！」

悲痛な叫び声をあげたのはお島だった。

「言わないで、言っちゃだめです」

「お島、もう遅い。おれは長生きしすぎたんだ。年貢の納め時だ。そう思って縛《ばく》につく」

「叔父貴」

清蔵は悔しそうに唇を嚙み首を振った。

「旦那、なにもかもお調べずみなんでござんしょ」

長五郎は穏やかな顔で伝次郎を見てつづけた。

「あの日、あっしは文太郎に忠次郎の長屋を教えてもらい、やつがその長屋に入るのをたしかめておりやす。それから、やつを襲う頃合いを見計らって蕎麦屋で暇を潰し、人目につかない暗がりで忠次郎が出かけるのを待っていやした」

「やめて、やめてください。そんなの嘘です。町方の旦那、お願いです。この人を助けてください。堪忍《かんにん》してください」

お島は顔をくしゃくしゃにし、這うように身を乗り出してきた。

「見逃してもらえませんか。この人はもう長く生きられないんです」

伝次郎が眉宇をひそめれば、長五郎が少し驚いた顔をした。

「この人は医者に、もって二月か三月だと言われているんです。医者はこの人にそのことは言っていませんが、わたしにこっそり教えてくれたんです。でも、この人は自分の死が近いことを知っていました。だから、わたしに出て行けと、わたしを遠ざけようとしました。だけど、できることではありません。だから、わたしは箱根へ湯治に行くというこの人についていくと言い張りました。今日その箱根へ旅立つところだったのです。旦那、どうかどうかご勘弁願えませんか。お願いします、お願いします」

お島は祈るように両手を合わせ、畳に額を擦りつけた。

「お島……」

長五郎は背中を波打たせて泣くお島の背中をやさしくさすった。

「そういうことだったか。まあ、おれの調べに間違いはなかったということだ。長五郎、おめえがあの日蕎麦屋にいたという話を聞いたとき、おれはぴんと来たんだ。それで、おめえの家を訪ねたが留守であった。それにもかかわらず、家のなかを検めさせてもらった。忠次郎を刺したであろう匕首があった。まだ血は拭き取れていなかった。それから、返り血を浴びた着物も後生大事《ごしょうだいじ》に箪笥《たんす》の奥にしまってあった」

伝次郎はすっかり観念している長五郎を静かに見つめた。

「ああ、どうかどうかお許しを……お願いします。お願いします」

お島は泣きながら必死に許しを請う。

清蔵はまんじりともせず、目の前の畳の目を凝視しているようだった。文太郎は唇を引き結んでうつむきつづけていた。

（こやつら……）

伝次郎は心中でつぶやき、軽く唇を嚙んだ。

清蔵は兄弟分だった辰吉の敵を討つはずだった。だが、それを知った長五郎は、老い先短いおのれの命の未練を断ち切り、清蔵の手を汚させてはならじと、代わりに敵を討った。

しかし、清蔵は自分が手を下したのだと叔父貴である長五郎を庇《かば》った。つまり、清蔵は忠次郎殺しの下手人が長五郎だと知っていた、あるいは感づいていたのかもしれない。

文太郎は兄貴分である清蔵の指図で動いたが、長五郎の助をしている。結果として清蔵の思いを遂げさせてやれなかった。おそらく文太郎は苦しみ悩んだであろう。その苦衷《くちゆう》の色が、ありありと顔にあらわれている。

(それにしても、こやつら)

伝次郎はもう一度心中でつぶやいた。

真の任侠やくざがここにいた。美しい関係だと思いもした。

伝次郎は居間にいる四人を、もう一度静かに眺めてから口を開いた。

「長五郎、たしかに旅に出るようだな。おめえの家にはその支度が調《ととの》えられていた」

「…………」

「約束をしてもらおう」

長五郎は白髪交じりの眉を動かした。

「箱根へ行くらしいが、二度と江戸に戻ってきちゃならねえ」

お島が泣き濡れた顔をあげた。信じられないという目をしていた。

「そういうことだ。わかったたな」

長五郎は無言で頭を下げた。

そばにいる清蔵は深々と頭を下げ、畳に額をつけ、

「ありがとう存じます。男の花道をつけてくださり、ありがとう存じます」

と、くぐもった声を漏らした。

伝次郎は小さくうなずくと、

「引きあげだ」

と言うなり、身を翻して戸口を出た。そのとたん、背後でうわーと泣き崩れる文太郎の声がした。

粂吉と与茂七は大いに驚き顔をしていたが、伝次郎は黙って歩きつづけた。

雨はすでにやんでいた。

「旦那、あれでいいんで……」

ずいぶんたってから粂吉が声をかけてきた。

「他にやりようがあるか？」

「しかし、お奉行様が……」

心配する粂吉に、伝次郎は小さな笑みを向けた。

「お奉行もわかってくださる。おれは包み隠さず話す。お叱りを受けようが、どうなろうが肚は括っている」

「旦那」

与茂七だった。目をうるませている。

「おいら、おいら」

そう言って、今度はぽろぽろと涙をこぼした。どうやら与茂七は伝次郎の心中を察し、強い感銘を受けたようだ。

「泣くやつがあるか。ほら与茂七、見ろ。虹だ」

伝次郎の指さす方角に大きな虹がかかっていた。

光文社文庫

文庫書下ろし／長編時代小説

男《おとこ》　気《ぎ》　隠《おん》密《みつ》船《せん》頭《どう》（六）

著者　稲《いな》　葉《ば》　稔《みのる》

2021年1月20日　初版1刷発行

発行者　鈴　木　広　和
印　刷　新　藤　慶　昌　堂
製　本　ナショナル製本

発行所　株式会社　光　文　社
〒112-8011　東京都文京区音羽1-16-6
電話　(03)5395-8149　編　集　部
8116　書籍販売部
8125　業　務　部

ISBN978-4-334-79147-6　Printed in Japan

組版　萩原印刷